U0688673

YUANLAI
RUCI MEILI

原来如此美丽

窦志先散文选

窦志先　著

中国文史出版社

图书在版编目（CIP）数据

原来如此美丽／窦志先著. －－北京：中国文史出
版社，2022.1
ISBN 978 - 7 - 5205 - 3305 - 8

Ⅰ. ①原… Ⅱ. ①窦… Ⅲ. ①散文集 - 中国 - 当代
Ⅳ. ①I267

中国版本图书馆 CIP 数据核字（2021）第 215736 号

责任编辑：牟国煜

出版发行：中国文史出版社
社　　址：北京市海淀区西八里庄路 69 号院　邮编：100142
电　　话：010 - 81136606　81136602　81136603（发行部）
传　　真：010 - 81136655
印　　装：北京新华印刷有限公司
经　　销：全国新华书店
开　　本：880 × 1230　1/32
印　　张：8.25　　　字数：161 千字
版　　次：2022 年 1 月第 1 版
印　　次：2022 年 1 月第 1 次印刷
定　　价：66.00 元

窦志先 安徽定远人，从戎四十载，中共党员。历任空军某部战士、电影组长、宣传干事，空军报社编辑、副处长、处长、总编室主任，《中国空军》杂志主编，空军报社副社长，专业技术四级（按正军职待遇），空军大校。两次荣立三等功。1981年毕业于中国作家协会文学讲习所（鲁迅文学院），1990年加入中国作家协会，1993年加入中国报告文学学会。

出版报告文学集《这是一条女人的星系》《爱神在忧思》《世纪末：爱情危机》《穿着魔鞋起舞的人》《龙吟凤鸣》，中短篇小说集《无字的墓碑》《蓝鸟》《红房子》，散文集《云上的阳光》《原来如此美丽》。另有友人著评论集《想到更远的地方——大家笔谈窦志先》。

作品获得国家和军队多种文学奖项，有些作品被院校选为写作辅导读物。简历收入《中国作家大辞典》《中国当代艺术界名人录》等多部典籍。

美丽，即好看、漂亮。这是描写对象的精神、素养、言谈、举止符合文明范畴内社会群体对于真诚、善良等品质的高标准认知。本书以独特的视角，用清新的文笔抒写了普通士兵、艺术大家、圣手名医、女航空员、劳动模范等人既神秘又浪漫的生活，真实地记录了他们为实现祖国强盛、人民安宁而衔石填海、锐意进取的奋斗精神！呈现在我们眼前的原来如此美丽 。

——题　记

目　　录

从甘巴拉出发

    飞机像只大鸟，飘然落在贡嘎机场，进入视野的苍茫雪山仿佛没有尽头，瓦蓝的天空蓝得令人感动，五颜六色的经幡在风中摇曳，偶见红墙绿瓦的寺庙外，成群结队的善男信女们或手摇转经筒念念有词，或三步一拜，周而复始，祈愿佛佑。阳光灿烂中我们的车子进入首府拉萨，布达拉宫在夏日阳光的辉映下更加肃穆神圣，拉萨河水欢唱着奔向远方，这里的一切都显得那么的神秘、苍凉、辽远、美丽。2003 年 7 月的一天，我终于踏上了西藏这片神奇的土地。

    然而，当我置身海拔四千五百米的乃堆拉山口、五千三百七十四米的甘巴拉山巅，我的感受就完全不同了。那里是人类生命的禁区，冬季的含氧量仅为海平面的百分之四十，紫外线却相当于内地的六倍之多。就在这样极其恶劣的环境中，常年生活着我们年轻的战士。他们个个都是有着七情六欲的血肉之体，却又有着钢打铁铸的非凡之躯。

    几天来，头疼，胸闷，呼吸困难，说话迟钝，走路缓慢，典型的高原反应。到亚东，上乃堆拉山口的那天，云

1

雾缭绕，气温骤降，冷得让人浑身打战，哨位上的浙江籍战士小陈，依然持枪警惕地守卫着阵地，那神态宛若阵地旁一株凌霜傲雪、不畏严寒、有着"高山巨人"之称的大花——塔黄。我情不自禁地走过去，含泪与他合影。在和战士们的交谈中，我时常被他们的事迹感动着。雷达站有一段路不通车，须从两座山之间的一个山坳穿过。虽说不足一公里路程，却浅沟深壑，怪石嶙峋，路窄坡陡，险象环生，被当地人称为"断头路"，意思是两头都无法连接的路。而官兵们日常工作、生活所需的各种物资，都是从这条路上靠肩扛、手提、人抬运上山的。在这海拔四千五百多米的高山上，即使徒手行走也觉吃力，头晕头痛甚至喘不上气是常态，何况还要负重跨沟、攀崖、爬坡，其苦其累、其难其险可想而知。不管白天或是黑夜，只要有任务，一声令下，大家都争先恐后，踊跃参加，自觉把这当成一种锻炼。

次日上午，我们登上了甘巴拉——这个世界上海拔最高的人控雷达站。一下车我就感觉胸闷，呼吸急促，两只脚像踩着了棉花，一个趔趄差点儿摔倒，我心里清楚这是高原缺氧血压急速升高的反应。来到学习室，稍事休息，站长让人拿来氧气袋，我一边吸氧一边采访。一改以往的采访方式，请参加座谈的每人说一句最想说的话。副站长史永剑来自云南陆良，在甘巴拉一待就是九年，因缺氧，脸色发青，嘴唇发乌，喘着粗气说："我的身体很难受，但我离不开甘巴拉。"话说得质朴，质朴得让人难以置信。技师王进军是山西太原人，二十九岁了，刚与家乡的一位姑娘完婚，在甘巴拉已经战斗了五个年头，他对我说的一句话是："甘巴拉锻炼了我！"在甘巴拉代职的工程师蔡伟，部队驻在条件优越的成都，他却主动找领导申请上甘巴拉，他说："甘巴拉是个苦地方，但也是锻炼人的好地方。"技师吴正军、炊事员蒋春海、油机员何世偈、操纵员杨同军，他们用朴实的语言道出了共同的心声：扎根雪域高原，守卫好祖国领空，做一名甘巴拉人无怨无悔！

下山前，我特意请求吃一顿"甘巴拉饭"——温水泡康师傅方便面。来到拉萨，听说甘巴拉近几年各项条件有了很大改善，但若遇上狂风暴雨或大雪纷飞的天气，山路被封，生活物资的供应就是一道难题，战士们常用温水泡方便面吃。当我吃着温水泡得半生不熟的方便面时，味同嚼蜡，实在难以下咽。在这海拔五千三百多米的高山上，大气压力低，水的沸点也低，所以战士们只能喝这种"温吞水"。当然，这也只是战士们艰苦生活的一个缩影。我吃着"甘巴拉饭"，面对甘巴拉人，心里想的是"甘愿吃苦、默默奉献、恪尽职守、顽强拼搏"的甘巴拉精神。走进官兵们中间，每时每刻都被他们"缺氧不缺志"的精神感动着。

时光如梭，十多年转瞬即逝，而我却时常想起驻守在西藏的官兵们。在部队，他们是守卫祖国神圣领空的英雄；退役后虽脱下了军装，但他们仍然是为祖国现代化建设奉献青春和热血的勇士。对于军人，环境的改变，如同又开辟了新的战场。回想年初新冠肺炎疫情爆发时，全国驰援武汉的数万名战"疫"大军之中，就有逆行而上英勇参战

3

的退役军人的身影。建设火神山、雷神山医院，参加一线医疗救治，为医护人员配餐，收集医疗垃圾，环境喷药消杀，驱车千里运送蔬菜，用交党费、献爱心的名义捐款捐物，他们都在以行动诠释"原先我是一个兵，现在我还是一个兵"！

几乎是同一时间里，遍布于各地的退役军人们坚决听从党的召唤，如燎原之火熊熊燃烧在祖国的大地上！他们视疫情为敌情，吹响了冲锋的号角，自发组织起各种形式的党员突击队、老兵尖刀班、红星志愿者，昼夜不停地奋战在疫情防控第一线，抢重活干险活，像在战场上杀敌一样奋不顾身，有多人在战"疫"中献出了宝贵生命。他们退役不褪色，依然是不穿军装的军人。军人自有军人的信仰：无论何时何地，理想和信念的军魂不变，使命与担当的责任不忘，无往而不胜的精神不丢，积极投身于中华民族伟大复兴的梦想之中，这就是——信仰的力量。

那天在梦中，我又一次来到了西藏这片神奇的土地。我知道，日复一日，年复一年，在乃堆拉山，在甘巴拉哨所，总有一茬又一茬的战士带着梦想而来，在这条蜿蜒的山路上洒下汗水，绽放自己的青春之花，然后又带着对未来生活的美好憧憬从一条条山路上出发，走向更远的远方……

2020 年 4 月 1 日于静远斋

（原载《解放军报》2020 年 12 月 18 日）

寻访柳树泉

早有心到新疆走一走，看一看。有道是，不到新疆，不知道中国之大。今年 7 月 7 日，我乘三叉戟飞机离京赴哈密，总算了却我的一桩心愿。

只是，我到新疆不为证实它究竟面积有多大，而是专程去寻访柳树泉。

柳树泉，地处天山脚下，戈壁深处，因生长柳树和涌流地泉而得名。在常年气候干燥、风沙四起、荒无人烟的大戈壁，能有这一处胜景，实属不可多得，绝对称得上沙漠中的绿洲。有这样一个美丽的传说：一名在炎炎烈日炙烤下的沙漠跋涉者，饥渴难耐，濒临死亡，忽闻前方就是柳树泉，顿觉一片浓荫盖顶，一股清泉濯身，感到神清气爽，终于坚持走完了全程。一个神奇的柳树泉，一个给人以生命的柳树泉。

二十五年前，也是在 7 月的一天，人民空军的一支人马浩浩荡荡地开进柳树泉，在这里安营扎寨，开办一座航空学院。创业是艰难的。受欧亚大陆气候的影响，这里的温差特别大，早穿棉，午穿纱，晚抱火炉吃西瓜。加之雨

5

水少，风沙多，营区仅有几条尘土扑面的小路，十几棵孤零零的柳树，几间低矮的平房，给部队的训练和生活带来诸多不便。但是，困难面前有军人，军人面前无困难。官兵齐心合力，要用自己的手，开出一片新天地，都顾不得鞍马劳顿，挖井，修路，盖房，仅用九天时间，就拉开了建校后飞行训练的序幕。

上午 11 时许，飞机在哈密机场降落，接着我们便驱车前往柳树泉。6 月的一场山洪冲垮了许多路段，我们乘坐的汽车只好绕道行驶，在正抢修着的搓板路上颠簸了两个多小时，终于到达我朝思暮想的柳树泉。出现在我眼前的柳树泉，昔日的荒凉，已被一代又一代人奋斗的成果所取代，砖瓦房错落有致，水泥路纵横交错，戈壁杨高耸入云，沙枣树新果满枝，教学楼窗明几净，跑道上机声隆隆……变了，柳树泉旧貌换新颜，变得使人倍加青睐了。

然而，当我寻找到了柳树泉的真正所在后，我似乎觉得对它的情愫才有了更深的含义。车到柳树泉之地，我就非常想一睹真正的柳树泉的风采，只因公务在身，当日无奈。这一夜我做了一个梦，兴许应了"日有所思，夜有所梦"的话，梦到一个智慧的神秘的伟岸的柳树泉。翌日，7 点半，按时差应是北京早晨 5 点多，我情有所迫，急急地起床，前往柳树泉，内心里自觉像去拜谒一个神圣的精灵。柳树泉有两处，均在营区内，分为东泉、西泉。我去观赏的是西泉。走到近前，我吃惊不小，这里有二十多棵柳树，粗大的，细矮的，有的直立，有的歪斜，枝干交叉着，绿叶簇拥着，宛若一顶巨大的伞，撑起一片阴凉，将一口石砌的水池围在当中，并不见泉水涌出的迹象，池内仅有的水也被腐殖质沤得发黑变味儿了。我百思不得其解，难道这就是我久已向往的柳树泉吗？觉得有些失望。旁边有幢楼房，是飞行团机关所在地。一位值班的干部见我是远道来的客人，便主动上前搭讪，热情回答我的询问。从交谈中，我解开了疑团，得知这里以往常年从地下涌出清清的泉水，滋润着十数棵柳树，是名副其实的柳树泉。可是，六年前，一场无情的洪水过后，就再也见不到泉水了，大概是泉眼被堵塞的缘故。没有了泉水，柳树日见枯萎，谁见了心里都难受。这一棵棵柳树，是战士们创业的见证。二十个春秋，风风雨雨，它和战士们同喜同乐，同忧同愁，朝夕相伴，情同手足，大家几乎视它为自己的生命。危急之时，一场抢救柳树泉的活动自发地开展起来。训练后，课余间，那些未来的蓝天骄子们，学习前人的伟大发明——挖坎儿井，寻找地下水源，没有奏效，便又披星戴月，运水泥，采山石，流血流汗，用双手砌成了现在这么一座颇具规模的蓄水池，接雨水，储废水。虽然没有往日泉水的清澈明净，倒也使这十数棵柳树起死回生，枝繁叶茂，傲然挺立于戈壁滩上，日晒叶更绿。过后思量，抢救柳树泉，并不亚于抢救国宝大熊猫。今天说起柳树泉，官兵们无不自豪。它使我想到，假如没有这一次的抢救，柳树定然无存。没有了柳树，没有了泉水，还有柳树泉吗？当然，作为一个地名它或许永远存在着，但那毕竟是名存实亡，假的。而今却不，它委实是一个真真切切、生机盎然的柳树泉。

置身柳树泉，不由得令人肃然起敬，我庆幸自己不虚此行，寻到了柳树泉，造访了柳树泉的人，更感受到了柳树泉所蕴藏的力量，那就是官兵们所肩负的面对边关、心想人民、国兴我荣、国衰我辱的崇高责任感和由此而激发出的艰苦奋斗的精神。他们把自己和祖国母亲连在一起，并不想有什么惊天地泣鬼神的壮举，只想做个忠诚的儿子，干点平凡的事情。有一次，一场罕见的秒速超过四十米、持续了四十四小时的风魔，直刮得昏天黑地，飞沙走石，推倒围墙，拔走树木，折断电线杆，撕碎飞机蒙布，连机身迎风面的防护漆也被肆虐的风沙打磨得精光，真是惨不忍睹！但是，官兵们骨头硬如铁，意志坚如钢，决不向风灾屈服，而是以超常的毅力，连续苦战七昼夜，从飞机中掏出黄沙七吨多，最多的一架竟清理出沙土二百七十六公斤。有十三名家属自告奋勇地加入抢险队伍，带上干粮，抬着缝纫机，有的还身背吃奶的婴儿来到机场，把被狂风撕碎的蒙布一块块地修补好。就这样，用十天时间便恢复了飞行训练。这难道不是一个奇迹吗？那情景至今回想起来还让人发怵，不过倒也显出了军中儿女的几分豪迈，着实够惊天地泣鬼神的。

可以想见，官兵们在这种环境里驻守确非易事，而要将妻子儿女接来安家则难乎其难。怎样安排他（她）们的工作？如何教育下一代？这些实实在在的困难，谁也无法回避。可是，他们和她们，硬是做到了。为使丈夫军心稳定、安守边关，她们有的宁肯离开繁华的都市生活，丢掉称心如意的工作，千里迢迢来到部队办的小工厂当一名

8

"家属工"，和丈夫同甘共苦，并肩站到了从军戍边的行列里。学校飞行训练处副处长王清华的妻子曹菊，生活在条件优越的京华，工作在中南海门诊部，论舒适讲条件，没得比，但她想到丈夫飞行不能分心，毅然带着儿女来到戈壁，至今已有十五个年头，成了真正的柳树泉人。这使我不禁想起敬爱的周总理生前说过的话：如果说祖国的空中长城是由飞行员同志筑起的话，那么这个长城的一半是他们的妻子。什么是牺牲？什么叫奉献？什么为追求？每个人都可以依照自己的人生观做出判断，而我们从柳树泉人的身上，不难找到正确的答案。

流连于柳树泉边，我面对一棵老柳树出神。这棵树曾遭过雷电轰击，粗大的树干中间至今还留有烧焦的痕迹，但它没有倒下，仍然顽强地生长着，并且又伸展出许多新枝，晨风吹拂，绿叶婆娑，似轻柔的细语声，如诉如泣，如歌如吟。我问这里的主人，此树生长有多少年？回答不详，但从那历经风雨驳蚀的树干上，足见它多像一位饱经沧桑的老人，柳树泉有多么悠远，它就有多么悠远。在它周围生长着的大大小小的柳树，仿佛绕膝的儿孙，一代一代地生衍不息。在这里，我了解到老教员弓晋强，任教二十四年，精心培养出十九期三十八名合格的飞行员。与他同期入伍的战友，有的当了军级领导，带飞出来的学员有的也走上了师团领导岗位，而他仍然是名普普通通的飞行教员。对这些，他毫无怨言，始终如一，脚踏实地，默默耕耘，把一个一个"小鹰"送上了蓝天，同行们称他"蓝天老骆驼"。他先后荣立二等功一次、三等功五次，被评为

"全国教育系统劳动模范"。像弓晋强这样具有甘于忍耐的"骆驼精神"、扎根戈壁的"红柳精神"、勇于奉献的"人梯精神"的人在柳树泉滚雪球般愈来愈多，激励着一代又一代人扎根戈壁，建功立业。他们就是戈壁魂。

常言道，种瓜得瓜，种豆得豆，一分耕耘，一分收获。二十五年来，从这个学校孕育培养出各民族飞行学员三千三百三十二名，特别是还把藏族第一代飞行员送上祖国的蓝天。累计飞行六十五万多小时无严重事故，创我军航空兵同级单位安全飞行时间最长的纪录。中央军委两次为他们记集体一等功。奇迹被柳树泉人创造。这是国内外航空史上的奇迹，真正的奇迹。7月8日，在他们安全飞行二十五周年的庆祝会上，总参谋部机关的一位领导欣喜地祝贺说：你们的辉煌业绩，既是空军的荣誉，也是全军院校的荣誉。听罢，飞行员出身的兰空司令员孙景华中将情不自禁，即兴赋诗一首，并亲口朗诵，以示祝贺：戈壁滩上马达声，天山脚下育雄鹰；二十五年如一日，献身尽职在忠诚。

两天寻访，过于短暂。离开柳树泉，回到北京，这些天里，我的心好似还在柳树泉，总想着那树、那泉、那人，甚至做梦也如此。我梦中的柳树泉人——天山雄鹰们，乘着祥和的东风，奋翅高飞，去创造更加美好的明天吧！柳树泉哟，到那时，我还要去寻访的，相信这一天不会等待太久。

（原载《解放军文艺》1992 年 12 月）

周庄的魅力

　　光洁的石板路，古朴的建筑群，四面环水，依水成街，临水而居，舟楫往来，古宅水巷驳岸，小桥流水人家。雨后初霁，轻纱般的晨雾渐渐散去，冉冉升起的太阳在碧波荡漾的水面上洒满了金辉，街上的游人也开始喧闹起来……清晨，我乘坐旅游大巴从南京出发，一路风尘来到昆山周庄，开始了一日游。眼前所见正是六月天里周庄的景色，宛若一幅"烟雨江南"的山水画卷，美不胜收。

　　昆山，我早有耳闻，它是人类非物质文化遗产昆曲的发源地；周庄，我也知晓它是千年古镇，有"中国第一水乡"的美誉。位于苏州昆山的周庄，水陆通衢，5A 景区，有独特的人文景观，是吴越地方文化瑰宝、江南历史文化名镇，被列为苏州、无锡、常州地区对外开放重点工业卫星镇，引进了来自日本、加拿大、新西兰、美国、澳大利亚等国和我国的香港、台湾等地区的企业数十家。旅游景点有厅、桥、寺、馆、楼、居、堂等古迹，更有"八景十四桥"之名胜。今天，当我置身周庄，映入眼帘的却是别样风景——它比耳闻的真实，比想象的秀美，比纸上的精彩！我眼前的周庄，就是一部立体的彩色电影。当年张艺谋执导，巩俐、李保田、李雪健主演的电影《摇啊摇，摇到外婆桥》，就是在周庄梯之桥取景；无独有偶，摄影家陈复礼的名作《家家扶得醉人归》，也是在周庄太平桥拍摄。正如艺术大师吴冠中先生所言："黄山集中国山川之美，周庄集中国水乡之美。"

走进周庄，就是走进了历史；古镇周庄的历史遗存，随处可觅。相传九百多年前，这里名曰贞丰里，春秋战国时期是吴王少子摇和汉越摇君的封地。北宋元祐年间，信奉佛教的周迪功郎捐田二百亩为庙产，后人为纪念他，故将贞丰里改名为周庄。数百年来，历经战乱，饱经沧桑，周庄还是由原来的小镇发展成为颇具规模的商城。今天周庄的建筑多半仍保留着明清及民国时期的风格，既有规模宏大、气象非凡且繁复的官方建造，又有宅院、牌坊、祠堂、园林、戏台、庙宇、路亭、风雨桥等简约精巧的民间修建。周庄的先人图衣食之本、谋安居乐业，开阡陌、重农桑，躬耕不辍；用一砖一瓦、一木一石，建堂馆楼宇，修路桥河渠。历经千年风雨，代代相传，生生不息，终使一座古镇屹立于江南水乡，成为世人瞩目的历史遗存、风光优美的旅游胜地。

好奇心驱使，当我漫步在水巷边的石板路上时，被两岸依水而建的阁楼群深深地吸引着。沿岸的阁楼一排排一片片，乍看高矮不一，外观不整，像是随意而建，但若仔细揣摩，又有一种完全不同的视觉享受：白墙灰瓦，古意盎然；飞檐翘角，如燕凌空；开合有度，精巧灵动；散而不乱，错落有致。风格在张扬中内敛，或古朴大气，或富丽堂皇，内含着厚重的江南文化底蕴。许多阁楼的廊檐下悬挂着一串串红灯笼，在风中轻轻摇曳，有的人家在窗棂和楼台上插着一面面小红旗，风吹哗哗作响，不时从阁楼悬窗里传出主人家一阵阵欢声笑语。街道上慕名前来观光的中外游人，行色匆匆，川流不息，不知道从哪里来，也不知道要到哪里去。在游人的视野里，周庄的水巷、楼阁、亭台、庙宇，甚至一块砖、一片瓦、一根梁、一扇窗，都像是有温度会说话的，既诉说周庄古老的历史，又展示周庄美好的未来，更彰显当下周庄人生活的甜美和温馨。

临来周庄前我就做过功课，周庄的美丽景点很多，最著名的有"八景十四桥"，受时间所限，不妨沿水路溯流而上游两座名桥，一是富安桥，一是双桥。我翻开随身携带的周庄旅游指南，按图索骥，先游中市街东端的富安桥，据说这也是周庄的桥中之首。我步履匆匆来到河边，跳上专为游客准备的农家小橹船，刚在船舱席上落座，船已摇离岸边。我扶着船舷任水花溅在手上，倒也感觉清凉惬意。两岸景色诱人，桂树、银杏、香樟下绿草茵茵，一丛丛鲜花开满枝头，引来蜂飞蝶舞，绿树繁花，姹紫嫣红。

船娘一声吆喝，小船靠岸。当我站在心仪已久的富安桥前，远眺近观，气势雄伟，精美绝伦，真是叹为观止。在东侧桥楼前等待照相的人排着长队，首尾不见，另有一群人围着导游姑娘向桥上缓缓挪动，我也跟了过去。导游是本地人，听她的介绍就是一种享受，标准江南普通话夹带着柔美的吴侬软语口音："大家上午好！欢迎大家来到古镇周庄，很高兴能给大家当导游，我是本地人，姓姜，大家叫我小姜好啦！游客们，现在我们来到了富安桥。富安桥始建于至正十五年，取名总管桥，后由富豪沈万三胞弟沈万四重建，改名为富安桥，寓意给百姓带来富贵和平安。有资料记载，富安桥，单孔拱桥，全长 17.4 米，跨度 6.6 米，宽 3.8 米，高度因水的涨落而定……"随着导游姑娘的讲解，我边听边看，边看边想。桥的用料十分考究，桥身用金山花岗岩精工而筑，桥栏、桥阶、桥埈共五块，全用武康石。这种石料江南奇缺，全部采自浙江德清山崖间，石呈深赭色，石面有肉眼很难发现的细小蜂眼，耐磨且防滑，是难得的石品。每一块武康石上都留下了能工巧匠的精美雕刻，图案吉庆祥瑞。

此刻，我站在桥中央放眼望去，桥的四角建有四座二层桥楼，临波拔起，遥遥相对。桥楼飞檐朱栏，黛瓦粉墙，雕梁画栋，古色古香。导游手指着我们近前的一座楼说："每座桥楼内都有茶室、餐馆、商店，游客既可以歇脚又可以赏景，要是有兴趣欢迎大家参观！"我观看着桥的全貌，深为先人奇妙的构思折服：桥牵着楼，楼护着桥，桥楼相拥，酷似五星连珠，珠联璧合，巧夺天工。这样的桥楼结构在古镇周庄堪称完美，在江南水乡也独占鳌头。传说在富安桥上来回走三遭，便会带来好运。古今听信者趋之若鹜，不乏社会贤士，亦有身份地位显赫的达官贵人。他们有没有求得好运无须考证，但有一点可以确信：这是一种心理暗示，引导人们心存善念、行走正道、向往光明。六百多年过去了，富安桥历尽风雨剥蚀、人踩马踏，又经战火洗礼、地震劫难，至今却傲然屹立，已经成为江南楼、桥建筑史上的一座丰碑，也是周庄人的幸运之桥、镇中之宝。

河面的风徐徐吹来，带有几分清凉。站在桥上往下看，美景尽收眼底。我手扶桥边的石柱，听导游姑娘娓娓道来，不禁浮想联翩：周庄，水网交错，溪流纵横，七成以上的人家临水建楼，择水而栖，橹船已成人们重要的交通工具，离开它真是举步维艰。据统计，周庄各样橹船约有五百多条，结成船队能浩浩荡荡绵延数十里，可谓奇观。到了晚上，夜幕降临，橹船点亮桅灯，闪闪烁烁的灯火流萤似的在溪水中穿行，和茫茫夜空里的繁星遥相辉映，恰如银河落水乡，周庄的夜色是多么迷人啊！"今天我就为大家介绍到这里，后面请游客们自己看吧，要注意安全，谢谢大家！"导游姑娘的吴侬软语，打断了我的遐想。这时，有人开始向桥楼拥去。我看着桥下川流而过波澜不惊的小河，清澈的河水哗哗流淌，有几条橹船轻轻摇来，像鱼儿摇头摆尾，咿呀咿呀的橹声从桥下穿过，又咿呀咿呀地摇向了远方。桥的两岸垂柳依依，柳荫下红男绿女们说笑声不绝于耳。岸边的石板路上，成群结队的游客像过年赶庙会一样热闹。面对这游人如织、笑语声声，古宅石径、水巷轻舟，莺啼芳林、柳绿花红，不禁引起我的联想：古镇周庄，你就是名副其实的"因水而生，因水而美，因水而兴"的东方威尼斯水城。

从富安桥上走下来，我径直来到河边码头，乘坐一条能够遮阳的乌篷船继续溯流而上，游双桥。轻舟踏浪，俄

15

顷抵达，当我站在岸边香樟树的浓荫下，全景式地远望着河面上的双桥，顿时觉得眼前一亮。顾名思义，双桥其实是两座桥，一座名世德桥，一座名永安桥，建于明万历年间，位于周庄镇中心。双桥修建在横竖两条河流的"T"字形交汇处，一座桥横跨南北，一座桥竖卧东西，一座桥孔为圆，一座桥孔为方，因而有人戏言道：三步得两桥，一圆又一方。在两座桥相会的转角处建有一个古式桥亭，非常巧妙地把两座桥连接起来，很像一把古人用的钥匙，故此又被当地人称为"钥匙桥"。虽说双桥没有富安桥壮观，却至今蕴藏着一种无解的密语：难道周庄先民在造桥时已经想到用"天圆地方，阴阳平衡"的辩证思想庇佑着子孙吗？四百多年来，双桥没有被湮没在历史烟云之中，而是像同一个生命体牵手相伴，义结金兰，安卧溪水上，无语向青天，风雨同渡舟，日月伴人间，既是先民造桥智慧的结晶，又给后人留下无以言表的美丽遐想，令人惊叹。

1982年8月的一天，上海旅美画家陈逸飞第一次坐小船和朋友一起来到周庄，当一个弥漫着古风古韵又诗情画意的周庄出现在眼前时，陈逸飞怦然心动，兴奋不已。他包租了一条小船，每天挎着相机在水巷游弋，几乎跑遍周庄的每一个角落，选取拍摄周庄最具特色的景物，为创作积累素材。在他看到双桥后，情有独钟，一下唤起对童年的回忆，灵感和冲动油然而生。在一周时间里，陈逸飞用来拍照的柯达胶卷就装满了一个旅行袋。"周庄是不可多得的财富，站在周庄的任何一个角度看，都是美的！"这是陈逸飞游览周庄后的肺腑之言。陈逸飞把生活中汲取的激情与灵感凝于笔端，经过两个月的潜心创作，终于在同年10月完成了油画《故乡的回忆——双桥》，连同其他三十七幅作品在美国哈默画廊展出，引起轰动。美国《艺术新闻》杂志载文，肯定陈逸飞是"一个浪漫的写实主义者，作品流露出强烈的怀旧气息，弥漫其中的沉静与寂静氛围尤其动人"。美国石油大亨、艺术品收藏家、画廊主人阿曼德·哈默先生撰文评价陈逸飞，"他的画是接近诗的，因为他只在指示而非肯定"，并且花重金买下了《故乡的回忆——双桥》，在1984年访问中国时，将这幅画送给了邓小平同志，使这幅在大洋彼岸轰动的画，同样轰动了中国。转年，在用这幅画制作的首日封上，联合国也加盖了公章，最终使它登上了世界级的殿堂。古镇周庄由此声名远播，走向了世界，每年从世界各地来旅游参观的人络绎不绝，正如周庄老镇长庄春地说的那样："是陈逸飞的双桥油画成全了当年的周庄，他用他的笔、他的画把周庄推介出去，为周庄带来了游客，让老百姓过上了想都不曾想过的好日子！"是啊，双桥是有灵性的，有灵性的双桥不食人间烟火而超凡脱俗，没有生命律动又生机无限，向来沉默无语却每每与子民对话，经数百年风雨磨砺，它坚守在岁月的长河中向一代又一代人讲述着历史与文化、前世与今生；双桥是神奇的，神奇的双桥真是一把"芝麻开门"的钥匙，开启了周庄与世界交往的大门，带给周庄的定然是一个又一个骄人的惊喜。

如今，油画——双桥——周庄，三者之间真像有一条情感和命运的红丝带，把画家陈逸飞与古镇周庄紧密地连在一起。来周庄，必游双桥，游双桥，必念逸飞，就连周庄的门票上，也是以陈逸飞画的双桥为代表性符号。随着路牌的指引，我踏着青砖小路走进了"陈逸飞纪念馆"，又称"逸飞之家"。即便陈逸飞逝世已经十多年了，可周庄人对他的感情依旧，仍在用自己特殊的方式怀念他。"周庄是我的第二故乡！"这是陈逸飞说过的心里话。周庄人早已把他当成了"荣誉居民"，纪念馆就是送给逸飞的一个家。这里是位于双桥桥畔的一处宽敞院落，古朴、简洁、幽静。偌大庭院的地面是一色青砖铺设，和白墙灰瓦的纪念馆楼舍浑然一体，突显了明清老屋的设计精巧和典雅大气。院内石砌的花池中有枝繁叶茂的桂树、四季常青的棕榈和千年名花紫丁香。室内摆放着盆栽，有幽香清远的兰草等格调高雅的绿植和淡香素馨的花卉。呈现我眼前的这一切都在映衬着主人儒雅、飘逸、豪放、柔情的气质与内涵。纪念馆一楼是展厅，展柜里摆放着陈逸飞工作、学习和生活的部分用品，墙上悬挂着陈逸飞多年呕心沥血的画作，高处是亲笔书写的四个大字"我爱周庄"，笔力遒劲，饱满大气，字字如珠玑，凝聚着陈逸飞对周庄的一往情深。二楼为工作室，是陈逸飞创作和会见友人的场所。天有不测风云，人有旦夕祸福。建馆至今，陈逸飞也没能到这里工作或会友，但在室内仍摆放着画案、桌椅、茶具等物，配以柔和的灯光，显得简洁、明亮、温暖，充满高雅的艺术氛围。这一切都在告诉人们：陈逸飞没有离开双桥，陈逸飞还在周庄。

走出纪念馆，我驻足于门前"逸飞之家"石碑旁，仔细端详着陈逸飞半身铜像。阳光照耀着他微侧的脸庞，使得一双深邃的眼睛更显明亮。他眺望远方的神态像是在关注周庄的今天和未来；他微启的双唇又像正在和游人喁喁细语：

"周庄任何一个角度看，都是美的！

"周庄是我的第二故乡！

"我爱周庄！"

……

正午水乡的阳光，感觉不到丝毫的温柔。许多游人走向廊檐、树冠下的阴凉处小憩。我颇有兴致，不顾热浪拂面，开始漫游。踏着光滑的石板路，穿大街、过小巷、逛商店，优哉游哉！当我走到一条巷口，抬头见砖墙上钉有一块木牌，上写"别有洞天"，我有些好奇，索性到此一游。走进巷道不远处，果真是别有洞天，一个面积不大的休闲公园，园子里有几株挺拔的香樟和苍翠的雪松，有一座太湖石堆叠的假山和喷泉，池内盆栽的睡莲叶片优美，花朵清雅动人，莲叶上滚动的水滴珍珠一般晶莹，莲下有鱼儿三五成群游来游去，吸引着众人前来观赏。假山旁的紫藤、葡萄架下，有两位老者在全神贯注下着象棋残局，楚河汉界，排兵布阵，引来十余人围观。令我惊讶的是，这么多的看客，只观战，不帮腔，鸦雀无声，这和许多地方观棋者大喊大叫，甚至动手支着儿形成鲜明对照，我想这大概就是民风，是素养。旁边一张牌桌有几个年轻人在玩"斗地主"，输者在鼻尖上粘了张小纸条，风吹哗哗抖动，引来哈哈笑声。园子西侧有一条红柱绿瓦的长廊，檐上布满了彩画，被一排茂密的翠竹掩映着，不由让我想起宋代诗人王之道的水调歌头："暑雨湿修竹，凉吹入高檐。"东侧有一座六角凉亭，围坐了几位阿婆手摇蒲扇，同声哼唱着江南小调："拔根芦柴花……"听起来实不可与代表传唱人雪飞相提并论，但在周庄能听到此曲我依然觉得余音绕梁，好的歌是会经久传唱的。这里真是别有洞天，让我目睹了周庄人的闲静，也领略了周庄人的雅致。

快到午饭时辰，公园里的人三三两两散去。我的肚子也饿得咕咕作响，便匆匆来到水巷一家叫"江南春"的饭馆，一座二层的小阁楼，木制门栅，庭院绿树成荫，小桥流水淙淙，环境很是幽雅。站在门口的迎宾姑娘把我领进了店内。

"欢迎光临！"一位女士笑盈盈迎上来，细声问，"先生，您是几位？楼上有雅间。"

"不用，就我一人。"说话间我找了张小方桌落座，接过女士递来的菜单，点了一壶西湖龙井、一盘农家小炒、一条松鼠鳜鱼和一碗米饭。

"先生，要不要喝点本店自酿的米酒？不醉人的，解乏。"女士和颜悦色地向我征问。

对酒我有持久的爱好，朋友也这么说。不过下午打算留点时间乘船再游水巷，还是不喝为佳："谢谢啊！"

"听您的。"女士微笑着接过菜单去了后厨。

刚才领我进门的小姑娘悄声说："她是我们的老板娘。"

"哦？"说真的，我没料到她是老板娘，还以为是待客热情的领班。

趁等待上菜的工夫，我主动和返回的老板娘攀谈起来。她看上去四十岁出头，秀发披肩，举止优雅，说起话来柔声细语，面带微笑。她说自己从外地嫁到周庄快二十年，眼瞅着周庄的变化太大，有时候都觉得不敢认了。她面含羞涩地说自己能成为周庄的媳妇，很开心。言由心生，我相信老板娘这一番话，绝对是她耳濡目染、亲身经历的真情表达。当我问起她店里的生意，老板娘似乎有聊不完的话题，直言不讳说自己的店开业十几年了，生意一直挺红火，每天晚上客人爆满。她从周庄先辈"君子爱财，取之有道"的儒家经商精神，讲到今天周庄商户"不欺不诈，和气生财"的经营理念，轻声细语，娓娓道来，如数家珍，听得我不停地点头微笑，很少有插话的机会。坐在我眼前的老板娘分明是一个声如燕语、贤淑端庄、聪慧温雅的江南女子。在短暂的交谈中，我得知近些年淳朴善良、精明能干的周庄人仅开发的旅游业，就为上千户人家带来莫大的实惠，衣、食、住、行、游，像一根链条上的齿轮把大家连接在一起，齐心协力共同向前发展。特别是陈逸飞先生的《双桥》画，使周庄在世界扬名，招来了人，引来了钱，如今已经成为商贾云集地、江南富贵乡。

说话间，我点的菜送到，老板娘又特意赠我一碟店家秘制的什锦小菜。看到这些美食，我的肚子又咕咕响了，顾不得斯文，我狼吞虎咽，一扫而光，二十分钟就打扫完战场。吃相不雅，却很开心，感觉就是一餐精致可口的美味佳肴：农家小炒微酸甜辣，松鼠鳜鱼焦嫩咸香、酸甜适度，西湖龙井色翠甘洌，水乡的米饭糯里带香，口感极佳，连老板娘送的什锦小菜也是咸甜微辛、香脆爽口。而价格又非常大众，相加（赠品未计）不足百元。我这个京城来客还是品尝过一些美味的，今天对店家也得刮目相看，"江南春"经营有方，没有浪得虚名。虽然对它的了解囿于浮光掠影，可也让我有所感悟：从周庄先人"取之有道"的经商精神，到周庄今人"不欺不诈"的经商理念，承前启后，薪火相传，一脉相通，后继有人。

顺着老板娘手指的方向，我穿过一条弯曲幽深的小巷来到河边码头。正巧有条坐了游客的橹船像要离岸，我赶紧迈步上船，刚坐定，船娘一声喊："开船喽——"橹船像是跳广场舞的大妈轻摇轻摆着向前划去，在波光粼粼的水面上悠悠而行。我坐在船头，面对清澈见底的溪流，目睹岸上如诗如画的风光，不由突发奇想：周庄，你虽然没有现代化都市里摩天大楼的雄奇与伟岸，你却用自身的魅力证实了唐代诗人、大文豪刘禹锡在《陋室铭》里留下的千古绝唱：

"山不在高，有仙则名；水不在深，有龙则灵。"

2020 年 3 月 16 日于静远斋

22

世界酗酒百态图

　　酒，因文而存；文，因酒而香。中国的酒文化，源远流长，香飘四海。从独具特色的酿酒工艺、设备，敦厚淳朴的酒俗、酒礼，到琳琅满目的酒具、酒器，以及诸多与酒有关的美妙传说，毋庸置疑地表明：酒的酿造史，就是华夏的一部精神文明和物质文明史。

　　酒给众多的人带来了无比欢乐，可是，酒也给众多的人带来了巨大灾难。

　　有幸向读者提供几组数字，从中便可以窥见中国五花八门的酿酒业之一斑：

　　上海。中国酿酒厂，1978 年总产量为一万一千吨，在十一届三中全会后改革开放路线的指引下，1988 年总产量已经上升到一万八千吨以上，税利总额也由 1978 年的五百九十四万元上升到 1988 年的一千五百万元以上。

　　安徽。亳州市西北角的张集到古井镇，六公里长的路边共有一百四十多家小酒厂，1987 年这些小酒厂工业总产值超过三千万元，利税达九百六十多万元。国营古井酒厂一家的产值达两千万元，交税一千三百四十多万元，占整个亳州市财政总收入的五分之一。

辽宁。沈阳市老龙口酒厂，是一家拥有三百多年历史的老厂，已有职工一千余人，固定资产一千二百多万元，年产值两千六百多万元，仅白酒年产已超过万吨。

山东。位于鲁西北平原的武城酒厂，建厂十二年来，职工由三十七人发展到近千人，固定资产增长了三十六倍，向国家上缴利税一千七百六十三万多元。

江西。樟树四特酒厂经过近百年的努力，已发展成为一家拥有一千七百多名职工的规模宏大的现代酿酒企业。这几年厂里重点抓了技术改造和横向联合，从联邦德国引进全国第一流的自动灌装生产线，建立了四特酒企业集团，兴建了万吨酒库工程，使四特酒年产量达万余吨，年利税达三千七百万元，生产规模和经济效益在全国同行业中名列前茅。

河南。鹿邑县枣集镇宋河酒厂，始于春秋，盛于隋唐，历经百代而不衰。酒厂现有职工两千五百人，占地面积三十四万平方米，建筑面积十六万平方米，拥有固定资产四千多万元，流动资产三千万元，是年产万吨曲酒的大型企业。

四川。文君酒厂，其酒行销美、日、东南亚各国和我国港、澳地区，1987 年出口量达四十五吨，创汇额首次超过二十万美元。

……

酿酒业，从原始的小作坊操作，到现代的大工业生产，紧紧伴随着科学技术的发展和现代文明的弘扬。以上列举的数字是枯燥的，也许在这日新月异的变化中又是不够准确的，但从这挂一漏万的数字中，是可以说明酿酒业的蒸蒸日上、迅猛发展的，所带来的社会财富和经济效益，令人欣喜。

中国确是酒的故乡，中国酒举世闻名。

上溯到"圣德之君"的唐尧和虞舜，他们就颇有酒量，史书上有"尧舜千钟"之记载；夏末君王桀荒淫无度，"沉湎酒色"，鲁迅先生在《有趣的消息》一文中说道，关龙逢为夏桀的臣子，因谏桀做酒池被杀；商末之君纣，饮酒可逾七天七夜而不醉，他下令营造的酒池，大得可以撑船；汉武帝刘彻亦好酒，《三辅黄图》说他曾"行舟"于秦始皇建的酒池中；十六国时前秦国君符生，"沉湎于酒，无复昼夜"，临被宰杀时，还不忘"饮数斗"，整个要酒不要命；南北朝时陈国的后主陈叔宝，十足一个"醉生梦死"的典型，臣章华上书，说他只知道醇酒妇人，君不明，国将亡，陈后主阅毕，竟判章华于死罪。酒在这里，堪称罪魁祸首。

当代人饮酒，比起历史上的帝王将相来，毫不逊色。三国时的曹操，既好酒，又懂酿酒工艺，时至今日，在这位盖世英雄的故乡安徽亳州，酒肆林立，遍布于大街小巷。酒民的队伍声势浩大，全市一百一十八万人口，十七岁以上的男性公民，不会饮酒者寥寥无几。在这支庞大的酒民队伍中，一类属令人咋舌的公款吃喝，一类属自掏腰包的个体消费。

这些年来，随着公共关系学的发展，以酒公关也就盛

25

行了。于是，座谈会、研讨会、产品鉴定会、商品展销会、开业典礼会、信息发布会、纵向发展会、横向联谊会……这会那会，应运而生，如雨后春笋般涌现。许多人会前喜笑颜开，会后步履失态。更有那些沉溺于酒桌上的"高阳酒徒"们，一天不喝难忍，两天不喝难熬，三天不喝难活。在茅台酒的故乡贵州省丽水县，某个局级单位仅三十多人，开了两天会，吃掉多少钱不详，但泔水缸里的残酒剩菜，竟然把肥猪也给吃醉了！受害者不仅是人，还有猪。

假如说这里列举的事例还不够典型，那么一篇见于报端的调查人们也许还没有忘却：湖北某市是一座新建城市，建市不到五年，财政便出现赤字百万元，不能说不是一个贫困户。而干部利用公款山吃海喝，令人叹为观止。抽查六家餐馆的中、晚餐，便可略知一二。

市政府宾馆。中午 12 点 25 分，二楼以上一百元左右的酒席十五桌，一楼有十桌；晚 5 点 50 分，二楼以上十九桌雅座爆满，一楼五桌。中午、晚上，一色火锅，啤酒、白酒俱全。

一老字号餐馆。中午 11 点 45 分，一百元的两桌，一百五十元的五桌；晚 5 点 45 分，二百元的四桌。据知情者透露，这里公款吃喝的平均每天十二桌，每桌最高的达五百元。

北门路一家餐馆。中午 12 点 15 分，一百五十元的七桌；晚 5 点 40 分，一百元的三桌，一百五十元的三桌，二百元的一桌。

白云酒楼。中午 12 点，二百五十元的两桌；晚 5 点 50

分，一百五十元的四桌。服务员说，这里平均每天有十桌为公款请客。

浏河园宾馆。中午 12 点 30 分，一百二十元的八桌；晚 6 点，二百元的一桌。

川味迎宾餐馆。中午 12 点 50 分，七十元的八桌；晚 6 点 20 分，五十元的四桌。川妹子说，这里每天有十桌是公家请客的。

从六家餐馆中、晚餐接待公款吃喝的调查统计表明，平均按一百二十元一桌计算，一年就可吃喝掉公款近四百万元。如果对全国进行统计呢？

这是一个骇人听闻的数字！

据行家们分析，每年全国酒的消费为一百三十亿元（1986 年，中国消费者协会曾做过估计，该年度仅工业酿制各种酒销量近六百万吨，约一百三十亿元），加上菜肴八百四十五亿元，共计九百七十五亿元，相当于上海市国民年收入的近两倍。这还不能引起人们的深思吗？

笔者也是酒民队伍中的一员，量不算大，可以登登场，称得上一个酒充子吧。在酒桌上，时常听到一些行"酒令"："感情深，一口闷；感情浅，舔一舔。"

这就把对方逼上梁山，喝也得喝，不喝也得喝，否则会落下一个"感情浅"的骂名。

"半斤漱漱口，一斤算喝酒，斤半健步走，二斤扶墙头，喝了二斤半，墙倒我不倒。"

英雄海量！说这话的人，多数正有八成醉，但确实有些量，连吓带唬，没有几两量的"酒充子"，倒也真的不敢对阵。

"出门常在外，老婆有交代，少喝酒多吃菜，喝不下找人代，实在不行就耍赖。"这一类酒令多指那些量不大，喜杯而不贪杯，同时又有些自知之明的酒民们，找点不喝的借口。

至于说到喝法，那就举不胜举。所谓"三二一"喝法，即第一杯分三次喝，第二杯分两次喝，第三杯一口下肚，反之亦然。所谓同姓酒、同乡酒、同学酒、相逢酒、团结酒、援助酒、上级酒、下级酒、获奖酒、受罚酒、接风酒、送行酒、高升酒、离职酒、悲酒、喜酒、快活酒、苦闷酒、白酒、黄酒、甜酒、苦酒……这酒那酒，名目繁多，花样翻新，轮番斟上，四面出击，八方包围，会喝得喝，不会喝也得喝，喝得直喘粗气，喝得不省人事，才作鸟兽散。

如逢我国的传统节日，那更是了得，祖国大地，处处都飘溢着酒香，沉醉在一片酒意之中。正可谓：酒海横流，方显出英雄本色。

当然，喝酒并不是中国人的专利。据香港报纸报道，澳大利亚中部的艾丽斯斯普林斯，是世界著名的酒徒镇。该镇约有一万名居民，不分男女老幼，都以酗酒为荣。每逢周末，镇上的大街小巷，到处可见手拿酒瓶、东倒西歪、嬉笑打闹狂饮的人。

但是，周末也是该镇车祸、死亡和罚款最多的时候。哪里酗酒成风，哪里便治安混乱，无法无天。这是一个不争的事实。据统计，该镇有百分之五十以上的人，经常因酗酒而被课以罚款。真正的乐极生悲。原来，不管在什么国家，狂饮烂醉都是不允许的。尤其在军营里，酗酒的危害更为严重，它可能会使军人贻误战机，丧失战斗能力，带来管理混乱，各类犯罪率增长，其后果不堪设想。为此笔者所在军队一家报纸曾以"如何根治酗酒顽症"为题，针对六名年轻战士谈喝酒的问题，在头版头条位置发表了本报编辑部文章，指出："战士们透过喝酒这个特定的角度，从政治思想、文化生活、行政管理不同的方面，向我们的机关、向我们的基层干部提出了问题。问题不能说提得不尖锐。"这的确是个尖锐问题，可从全方位查找原因。

是的，因喝酒带来的尖锐问题就摆在我们的眼前：1988 年，我国获得了一个"世界之最"，白酒总产量达到五十亿公斤，比八年前增长一倍多，远远超过以产酒著称的苏联，居世界领先地位。每年为酿酒而耗粮达一百二十五亿公斤，相当于十亿人口一个月的口粮！

这到底是国优，还是国忧？

史书记载，我国酿酒历史悠久，远在夏朝就开始了，到了明代时，由于饮酒更加普遍，屠本峻还把饮酒分为独酌、雅酌、豪饮、强饮、痛饮、畅饮、文饮等"饮酒八德"。对酒的不同喝法可见一个人的气度、胸襟、格局、情致，可以看出饮酒者的酒礼、酒风、酒品、酒德。总之，无论是哪一种饮法，都不可过量，更不能嗜酒成癖。李时珍说过："饮酒不节，杀人顷刻！"晋陶渊明后代呆笨，"盖缘于'杯中物'之贻害"。正所谓："美酒饮至微醺后，好花看到半开时。"没有度的结果，必然是悲剧的发生。

一日，玉清池附近，待业青年牛信一与某棉纺厂工人侯劲一伙四人在一酒店喝酒，豪饮之后，无钱买单，便上街持刀抢劫，被民警、联防人员和广大群众围追堵截，当场抓获。许多过路群众出于义愤，纷纷到派出所做证，要求公安机关对他们绳之以法，从严惩处。典型的穷喝。

除夕夜，千家万户辞旧岁，可南市武警医院却送进五名醉汉。这五名醉汉因喝酒过量而危及生命，经医护人员急救后脱离了危险。醉汉中年龄最小的十三岁，最大的三十一岁。他们是酒肉朋友，围桌而坐，或酒兴大发，或争强好胜，最多的喝了一斤多白酒，整个是要面子不要命的主儿。

一天下午，劳资员章勇正在办公室填写工资表，忽然从门外闯进一个醉汉，左手握菜刀，右手拿改锥，猛向章头部刺去。正在专心工作的章勇猛感头部疼痛，一抬头，见是本单位的合同工谷林，便起身与其搏斗。原来，谷因打伤人被扣了当月的奖金，他对此不满，当日中午，一人在宿舍喝了一瓶白酒，借酒撒疯，寻机找劳资员报复。章勇被刺伤住院，谷林醒酒后又痛悔不已，但后悔已晚，终被公安机关依法拘留。酒精撕去了他虚假的面饰，露出了他真正的凶残。

夜，伸手不见五指。绿林派出所小李和老方执行完公务驱车返回。行至沟塘地段，司机借着灯光隐约发现前方有一大石块挡道，即减速准备绕过去。"人！"小李眼快，随即跳下车用手电筒一照，果然是个烂醉如泥的小伙子，再细瞅，他身旁还有一只开着口的拎包，内装人民币两千四百五十多元。发生了什么事情？小李和老方警觉地四下看看。这时，只见有一人摇摇晃晃推着自行车迎面走来，他是本地干部老周，是来找儿子的。双方经交谈得知，周家父子去钱村办事，酒足饭饱后，醉醺醺的老子骑车带着醉醺醺的儿子回家，半路上，儿子跌下车，老子全然不知，直至回到家，才发觉儿子丢了。倘若不被小李和老方遇着，后果会怎么样呢？

月朦胧，风轻轻。在郊外某部队机关大院内，随着"砰、砰"两声枪响，三名战士倒在了血泊之中。这是因酗酒而导致的一起严重枪杀案。许多人都被这突如其来的枪声震惊了！

罪犯不满十八岁，参军刚半年，是年迈的父母用责任田里收获的三千元钱走关系，才把他送到了部队，在警卫连当战士，叫姚军。死者汪二河，伤者祁山山、林一保都有嗜酒如命的恶习。平素老乡见面总要碰上几杯，并常常借酒撒疯，寻衅滋事。这是一个周末，姚军和老乡林一保私自外出在驻地群众家酗酒。与此同时，黑龙江籍的战士汪二河、祁山山等十几个老乡，则在营区内摆酒痛饮。

晚11时，双方醉汉在营区内相遇，并发生了争执。当时，正携枪上流动岗的姚军，趁着酒劲，哭着说："他妈的，老子今天不想活了，要好好出出气！"随即将子弹压入枪膛，扣动了扳机。惨案就这样发生了。

白酒似有意，法律实无情。我国刑法第十五条第三款规定："醉酒的人犯罪，应当负刑事责任。"罪犯姚军酒后杀人，后果严重，被依法判处死刑，缓期两年执行，剥夺政治权利终身。祁山山、林一保等人，分别受到劳动教养

31

三年、两年半的处罚。

在狱中，姚军给连队的领导写信，讲了自己的心情：
"……过去，我也有过美好的理想，记得爹娘送我参军时送
了一程又一程，千叮咛万嘱咐，叫我到了部队要听话，好
好干。但是，酒把我给彻底毁了！它麻醉了我的神经，毁
灭了我的灵魂，使我失去了自控能力，以致做出了对不起
战友、对不起领导、对不起父母的罪孽深重的事来……酒
真是穿肠的毒药啊！……"

"葡萄美酒夜光杯"，终于使他变成了"杀人罪犯狱中
囚"。这也正应验了《史记·滑稽列传》中的话："酒极则
乱，乐极则悲。"

客观一点讲，酒本身是无罪的，问题在于一旦它到了
人的手里，若不能自控，变为酗酒，无度地滥饮，便适得
其反了，甚至可以说它已经成为影响整个人类健康的罪魁。
英国文艺复兴时期的剧作家、诗人莎士比亚说过："每一杯
过量的酒都是魔鬼酿成的毒汁。"目前，酗酒已成为英国的
第三号杀手。据悉，酗酒问题正严重威胁着英国经济的复
苏。英国人估计，因为酗酒使得国家每年损失二十亿英镑，
其中包括酗酒后旷工、犯罪以及国家拨出的治疗酗酒者的
费用。仅伦敦就有七十五万名酗酒者，人们把这些人喻为
害群之马，他们严重地影响着工厂的正常生产与社会治安，
每年他们的工作日旷工累计达一千四百万个，直接经济损
失超过七亿英镑。同时英国卫生署为酗酒者所花治疗费用
超过一亿一千二百万英镑，这是一个惊人的数字。

在英国，由于酗酒而造成的死亡人数也在逐年增加，

现在已发展成仅次于癌症、心脏病的第三大死亡原因。酗酒造成意外事故的死亡数量每年达四万人。昔日英国酗酒者多数是中老年人，现在却向年轻化发展，已经形成了一支老中青三结合的庞大的酗酒队伍。英国议会反酗酒小组的一份调查报告表明，十五岁以上的英国人平均每年要喝下二百三十九罐啤酒、九品脱烈酒、二十五品脱葡萄酒和十二品脱苹果酒。英国女性酗酒现象普遍，严重影响身体健康，1985年死于肝硬化的妇女达一千八百七十五人，而1970年仅为七百六十三人。妇女肝硬化患者多半因酗酒造成。英国前首相撒切尔夫人大概出于对同性的厚爱，曾多次呼吁为了英国的昌盛，妇女饮酒要节制再节制。不愧为女中强人，她是有战略眼光的。

也许，读者还没有忘记对"瓦尔德兹号"油轮触礁漏油事件的报道："……联邦调查人员的初步调查结果表明，在'瓦尔德兹号'油轮触礁漏油事故中，船长里泽伍德饮酒过度，玩忽职守，负有不可推卸的责任。……里泽伍德在事故发生后的十小时才受到检查，结果他的血液酒精含量仍高达0.061，而最高允许含量为0.04。事故发生时他不在驾驶室，……预料里泽伍德将被送交法庭审判。目前，威廉太子湾海域的油层覆盖面积已达一千三百多平方公里。……据估计，这片海域周围的生态环境十年后才能完全恢复。"一个人，一瓶酒（也许不只是一瓶酒），却毁掉了一大片海域，这难道还不是世界性的灾难吗？

几乎与此同时，发生在美国白宫的一场政治风波，也与酗酒密切关联。1989年3月9日，经过六天的激烈辩论，美国参议院全体会议终于做出最后裁决：以五十三票对四十七票否决了布什总统对约翰·托尔的国防部长提名。

这件事情的起因，要回溯到以往的一些日子。乔治·布什总统大选获胜后不久就表示，准备任命他的好友、得克萨斯州同乡、前参议院军委会主席约翰·托尔出任国防部长。消息披露后，美国舆论界哗然。首先向他发难的是他的第二任前妻莉拉·邦特，她打电话给托尔的前参议院军委会的同事，说他有酗酒问题，不守规矩，曾和别的女人有不正当关系。

其后，在 1 月 31 日，右翼保守组织首席发言人保罗·韦里奇向参议院军委会提供证词，声称他曾亲眼看见过托尔在公开场合开怀畅饮，喝得酩酊大醉后又和别的女人打趣逗乐。《休斯敦邮报》载文说，有人在达拉斯的一家夜总会里亲眼看见过托尔喝得醉醺醺的，搂着一个舞女跳舞。

一石激起千层浪。本来就对托尔心存疑虑的议员们，再度感到不安起来。主张戒酒的参议院军委会主席、资深的民主党参议员萨姆·纳恩当着电视记者的面质问托尔："有无酗酒问题？"

"没有，从来没有。我是一个比较有节制的人。"

回答也很干脆，但用词颇讲究，"比较有节制"，仅此而已。

2 月 23 日，布什总统在出访日本和韩国等国时对新闻界宣布，他仍坚持对托尔的提名，坚信托尔是最合适的国防部长人选。此话不错，托尔自 1961 年进入参议院后，一直从事与军事有关的工作，对于美国的各种军事问题了如指掌，并进行过深入的研究，是有名的防务专家，一个军界难得的人才。

然而，以萨姆·纳恩为首的民主党参议员并不甘示弱，他们还是紧紧抓住托尔的酗酒问题不放。贝特·约翰斯顿语气坚定地说："在核时代，绝不能在一个掌握未来命运的人身上去冒险。"纳恩现身说法，竟然拿自己年轻时因喝酒过量开车闯祸，被警察罚款一事的教训，说明公职人员酗酒的危害。显然，这也是醉翁之意不在酒。

尤其加利福尼亚民主党人艾伦·克兰斯顿，顺着约翰斯顿的思路引经据典，一唱一和，演起了"双簧"，说在美国的近代史上曾发生过两起幸免的悲剧，总统饮酒过量后神志不清而向国防部长发号施令，幸亏两位部长没有执行总统酒后的命令，才避免了两场毁灭性的灾难。酒患无穷啊！

在铺天盖地的指责声中，民主党参议员丹尼斯·德孔西尼这时还站起身来说，曾亲眼看见托尔在参院供职期间喝醉过酒。外国人同样精通怎么样做才叫"落井下石"。

此时此刻，此情此景，如果继续矢口否认，显然有失风度，也无济于事。2月26日，托尔通过两家电视台当众发誓："如果参议院确认总统对我的国防部长提名，我保证在任职期间滴酒不沾，不管是葡萄酒、啤酒，还是任何其他种类的酒。"

尽管托尔的保证情真意切，结果却等于不打自招，承认了过去确有酗酒问题。

3月9日，参议院全体会议表决结果揭晓，托尔在五角大楼观看了电视台转播的实况后，黯然神伤，十分沮丧地说:"我将回到得克萨斯州老家去过平民生活,但仍愿对国家的一些重大问题发表看法,贡献我的经验和学识。"

五角大楼的大门已经向托尔打开,美利坚合众国本来可以得到一位出色的国防部长,然而,托尔却自己断送了自己的政治前程。可悲的是这种断送来得过于简单,仅仅因为"杯中之物"。当然,在自诩为高度民主的美国,一个政治家的宦海浮沉,其原因也是错综复杂的,托尔政治上败北,想必概不例外。不过,可以直接告诉美国人民的,毕竟是因为酗酒。

至此,本文向读者展示的不正是一幅"世界酗酒百态图"吗?

自古以来,酒为人世间酿成了多少悲剧。据《汉书》云,"酒为百药之长",可见酒在祖国医学发展史上的重要地位。但是,嗜酒或过量饮酒,其害无穷。中药书记载:"酒过饮则伤神耗血,损胃烁肺,发怒纵欲,生湿热痰嗽,且成痰嗝,助火乱兴,诸病萌焉。"现代科学分析,酒的原料虽有不同,但主要成分皆为酒精和水的混合物。长期过量饮酒,会引起慢性酒精中毒,损伤中枢神经,导致食道癌、咽癌和喉癌,并可引起心脏、肝脏病变,易诱发血栓形成,促发缺血性中风,降低男性生殖能力,危害下一代的健康。据美国科学家十年间对七千多名妇女调查研究得出结论:每天只喝一小杯啤酒的妇女,患乳腺癌的可能性比不喝酒的妇女增加百分之四十,喝三小杯就会增加百分之五十,喝三小杯以上的女性就要增加百分之六十。

"无论如何,妇女应当不饮酒,或大大减少饮酒量。"

这是纽约州立大学流行病专家斯·格雷赫姆发出的忠告。

美国的酒民们似乎是听话的。一向嗜酒如命的美国佬，对酒精的杀伤力越来越清楚了，并已经在迅速改变饮酒的习惯。即使出兵海湾，在荒凉的沙漠地带度过一个又一个寂寞、难熬的夜晚，也无一个士兵私下饮酒。他们这样做，不是怕违犯穆斯林圣地的教规，也不是怕贻误惩治萨达姆的战机，更不是怕"爱国者"误射自己的战斧导弹，而仅为了一条：怕当酒的俘虏。在各种社交场合，甚至朋友到家中做客，美国人过去那种"一杯在手，畅饮不休"的情景也越来越少见。来了客人，多半是饮料，准备少量葡萄酒，各取所需，无人把盏相劝；洽谈生意，叫一杯矿泉水，似乎更有风度，更见办事效率；公司老板见下属满身酒气上班，是非常厌恶的。这些现象，是1920年开展禁酒运动以来所没有过的。

苏联曾是世界第一酿酒大国，每年人均消费伏特加三十升，居世界之首。但是，自从1985年开展反酗酒运动，严厉打击了非法酿酒业，这个世界头号大酒国，已经屈居第二，冠军的宝座被我国占有了。

在苏联历史上，从斯大林到安德罗波夫，几乎所有的领导人都倡导并发起过反酗酒运动，但终因积重难返，不了了之。1985年5月，苏共中央做出了反酗酒运动的决定，当时正面临着严峻的形势：全国有四千万人嗜酒成癖，每年有一百多万人死于酗酒，被酒水淹死的人甚至比海水淹死的人还多！这绝不是危言耸听，百分之九十的恶性犯罪案件和酗酒有关，三分之二的森林、住宅火灾因酗酒引起。

酒，被苏联人称为"绿蛇"。

大规模的反酗酒运动展开后，政府对酗酒者采取了非常严厉的惩治措施，从罚款、取消奖金、强迫劳动，直至解除职务、开除党籍；约五十万名非法酿酒者受到处罚，没收了一百多万个酿酒器皿，销毁了四百万升私酿酒；半数以上的酿酒厂被迫关闭或转产。官方宴会，包括国宴，只有果汁和矿泉水，因此，老百姓称戈尔巴乔夫为"矿泉水总书记"。这是戏称，还是昵称？

反酗酒运动虽然使政府的财政收入减少很多，但社会风气却明显好转：犯罪率下降，离婚人数锐减，中青年的健康状况好转，交通事故和旷工现象日益减少。戈尔巴乔夫在电视讲话中兴奋而又自豪地说："这场反酗酒运动，虽然面临着'大量的、多方面的工作'，但它已经'拯救了几万人的生命'。"

对戈氏的"新思维"不敢恭维，但戈尔巴乔夫在反酗酒这一点上，确实具有远见卓识。

中国的酒民们，到底应该向何处去？假若中国政府也兴起一场反酗酒运动，无疑对端正党风、打击贪腐、净化社会风气、减少因酒精中毒而引起的各种疾病和安全的威胁，都将起到有益的作用，而酒民们能否积极响应投身其中呢？

"不，我宁愿喝酒！"酒民回答。

"对酒当歌，人生几何？"酒的叹息。

（原载《青春》1992 年 1 期）

天有一双手

他叫什么名字

中华人民共和国外交部正在召开一个紧急会议。那些在外交场合多谋善断的最干练的外交家们，也被所讨论的问题弄得束手无策。面对这一棘手问题，会议最后只好做出这样的决定：立即报告周总理，同时求助于卫生部。

出了什么问题，竟如此难以决断？

时值 1975 年，北京百花盛开的季节。国务院副总理李先念应巴基斯坦政府邀请，即将飞往伊斯兰堡做重要国事访问。对于这次访问，新华社和巴联社都提前做了宣传报道。巴基斯坦政府和人民正怀着喜悦的心情等待着中国友好使者的光临。世界上一些国家甚至开动各种宣传机器，对中国这位领导人的不寻常的访问，做出种种猜测性的宣传。

离出访还有七天——这是双方外交家们商定好的日期。

偏偏在这时，发生了意外！李副总理腰部扭伤，病情较重，行动困难，只好卧床治疗。

　　看来，只有推迟这次访问的日期了。但这并不是单方面所能决定的，需要双方通过外交途径进行磋商。而这样做是非常复杂的，也是极其微妙的，不到万不得已，不可为之。否则，稍有不慎，将可能引起东道国的不满，甚至有些国家的谣言专家们还会趁机蛊惑人心、挑拨离间。国际斗争就是这么复杂。

　　正在住院的周总理得知了这一情况，十分关心。周总理虽然重病在身，仍在为党和国家的大事日夜操劳。周总理一边接受治疗，一边又亲自过问李副总理的病情。总理指示，要请全国最有经验的医生火速来京参与治疗。他期待着这次能够按时出访，万不能在外交上造成被动局面。真乃迫在眉睫！

　　时间一天天过去。到了第六天，也就是出访的前一天，李先念同志神采奕奕地走进病房，神奇般地出现在周总理的面前。他坐在总理身边，向他汇报了访问的准备工作。周总理听了，点点头，很满意，然后微微一笑，问道："还有一件事情不明白，你的病怎么好得这么快？"

　　"哦，交了好运，"他哈哈笑了起来，"我遇到了一位神医。"

　　"什么神医？"

　　"空军的一个航医，这是个挺年轻的小鬼，"他兴致勃勃地说，"读了六年军医大学，又去拜乡下一个老太婆为师，就用两只手摸摸捏捏治病，很有点名堂哪！他只给我捏了三次，手到病除，好了。"先念同志说得很激动，索性站起身活动活动腰肢，"好家伙，这小鬼不简单，把给我治病的一些专家教授都镇住了！"

周总理也兴奋起来，两道浓眉微微舒展开，脸上闪现出欣喜的光泽。他侧转身看着落地窗外广阔的天空，沉思良久，高兴地说："妙手回春嘛！太好了，太好了！一个大学毕业生，能够放下架子，向民间的老医师学习，学了就能用，方向对头，值得提倡。最近，中央卫生部要召开全国卫生工作会议，他可以作为特邀代表参加。会上请他谈谈经验；会议之后，再办全国的新医正骨学习班，请他当教授。"总理喝了口水，顿了顿，非常关注地问，"他叫什么名字？"

"冯天有。"

旋起了一代医风

剧烈的腰痛，使他的脸色苍白，嘴变歪了，两只眼珠在痛苦地闪动，声音颤抖地说道："医生总是说，伤筋动骨一百天，既来之，则安之，可我是个搞飞行的，让我在病床上飞一百天吗？真不像话！"

"章参谋长，我……"站在他床前的年轻人，低垂着头，眼睛里闪着忧郁的光，微微噘着嘴唇，脸上显得一筹莫展，"我是个航医，眼看你这么痛苦，不能参加飞行训练，可一点也帮不了你……"

"小冯，冯天有！"章参谋长洪亮的声音打断了他的话，用手示意他在床前靠椅上坐下，神采也飞扬了起来，"你把我送到这里来，虽然治疗了个把月还没见好转，但也不是毫无收获。我打听到北京郊区的双桥有个罗老太，在民间行医六十年，对治腰腿痛很有办法。她全凭一双手，有些病叫她摸摸捏捏就见效。"

"参谋长，别逗了，让你一吹，神了！"一直默然不语的冯天有，运动员一般高大魁梧的身子动了一下，阴郁的脸上露出了笑容，一对黑亮的大眼睛里燃烧起疑惑的火焰，终于把脑袋像拨浪鼓似的摇了起来，"要是井水都能当液输，还要科学制作葡萄糖干什么？"

章参谋长满脸堆笑，声音压得很低，但态度非常明确："信不信，咱俩去看看，俗话说百闻不如一见嘛！顺便也请她捏捏我的腰。走吧。"看来，这个在空中能够驾驭高速歼击机的人，今天在地面上也不示弱。

一辆北京牌小吉普驶出医院大门，不一会儿便冲向了高速公路。经过一阵颠簸，他们来到了双桥三间房卫生所。

说是三间房，真正的医疗室只有半间草房。可这里却别有一番洞天：里里外外，前来看病的人络绎不绝，有的是用担架抬来，有的是用平板车、三轮车拉来，有的是拄着双拐走来，也有的是让人搀扶而来……冯天有看到这些心头一热："哟，来这里治病的人真多哇。"

门外的葡萄架下有两排松木长椅，冯天有挂了号，便扶章参谋长在这里坐下等候。出于职业习惯，冯天有见身旁坐着一位中年妇女，便询问起她的病情来。她头扎红方巾，身穿草绿色"得笼"（蒙古长袍），腰系黄绸带，脚套红皮靴，脸膛黑红，体格健壮匀称，只因嘴巴歪斜，破坏了她整个面部的形象。她的名字叫娜尔仁花，是内蒙古草原一个牧区人民公社的党委副书记。有一次，她抢救遇到特大暴风雪的羊群，不慎从马背上摔下，脖颈扭伤，嘴巴歪斜，经常头晕。辗转数千公里，到过许多地方寻医求药，均未见效，这才慕名来到三间房。

"25 号!"娜尔仁花跟着女护士进了诊疗室。冯天有想看个究竟，也随后跟进了屋。桌旁站着一位老人，七十有余，身板硬朗，耳聪目明，面带笑容，精神矍铄。她就是罗医师。她在娜尔仁花的脖子上摸摸、捏捏，诊断是"颈椎压缩性病变"，便让她坐在小方凳上，一手按住颈部，一手托着下巴，合力一扳，"咔叭"一声，口不歪眼不斜了。

她转了转脖子，活动自如，顿时判若两人。

"孩子，"罗医师抚摸着她的头，把桌上一面圆镜递给了她，"来，自己照照看。"

她双手捧起镜子，仔细端详镜中的人儿，竟不敢认了。一个有着俊俏容貌的人，由于遭到不幸一度变得丑陋，现经妙手使其回春，似乎显得更加美丽了。娜尔仁花看着看着，激动得扑在罗医师的怀中，哭出了声："老人家，谢谢您哪!"

面对此景，冯天有吃惊不小：摸摸捏捏能治病! 真的，实的! 不是传奇，不是梦幻! 它是活生生的事实，亲眼所见! 这么说，自己的想法错了。1960 年，他入伍后来到了中国人民解放军第四军医大学读书，宛若走进了一座医学的"大观园"，目不暇接，处处新奇。他爱上了医学这一行，爱得深沉，爱得发狂。他常以唐代大诗人杜甫《题李尊师松树障子歌》中"更觉良工心独苦"的诗句自勉，对医药学细读深钻，苦心孤诣，向成为医学界一流专家的目标奋进。六年中，他系统地学习和研究过基础医学、临床医学、预防医学、军事医学和航空医学……偏偏就没有研究过那个靠两只手摸摸捏捏的"摸捏医学"。可是，他现在却由怀疑别人，转为开始怀疑自己。

按照号头，轮到给章参谋长诊治。罗医师让他坐下，用双手大拇指在他的背上摸了摸，又使劲在他的腰部推推、捏捏，然后叫他站起来，问道："有啥感觉？"

片刻之间，章参谋长一连做了几个弯腰、下蹲、踢腿的动作："嗨！立竿见影，舒展多了！"

站在一旁观望的冯天有看入神了。病人挂着拐杖来，扛起拐杖回；由人背着来，自己走着回……啊，多么迷人的情景呀！他对这位七旬老医师产生了由衷的敬意。他"啪"地一个立正，敬了个标准的军礼，几乎是用央求的声调说："罗医师，请您老人家收我做个徒弟吧！"

1969 年 5 月的一天，晴空丽日，遍野花灿。冯天有像一名出征的战士，风尘仆仆来到了双桥三间房卫生所，拜民间医师罗大妈为师，向她学习祖传的"正骨疗法"。

冯天有在学习中注意到，罗医师待人和气，但也有些孤傲；她对学徒生活中的留意，多于对学习上的教诲。对此，冯天有心如明镜，一清二楚。他曾经这样想过：自己是一个部队干部、大学毕业生，这会不会在有医术、没文化，又是从旧社会过来的罗大妈的思想上产生一种隔阂呢？应当和大妈建立一种新型的师生关系，否则是不会觅到真知的。中午，大妈要小憩片刻，冯天有给她铺床叠被；夜晚，有急诊病人，冯天有主动接诊，让她多休息。她的家离卫生所有三四里地，虽说不算远，可对于一个小脚老太也有许多不便。冯天有写信从天津老家托运来一辆自行车，它成了大妈上下班的"专车"，无论刮风还是下雨，他都准时接送。在工作中，冯天有虚心向她求教。人心是会相通的，罗大妈硬是被感动了，她常常念叨不休：一个军官不像官，大学生没架子，真心恭敬我大字不识半升的老太婆，说啥也得把自己的绝技都传授给他。

冯天有学而不厌，罗医师诲人不倦。

不久，冯天有感受到：罗医师的正骨医法，看简单，做简便；可是仅凭一双手，隔着皮肉摸筋骨，要摸得准，捏得正，很困难。白天，他跟随罗医师治疗、巡诊，一步也不离，目的是想从她给病人的诊治中，看门道，求经验，学手法。

晚上，夏日的炎热、蚊虫的叮咬，使人生畏。街头巷尾，纳凉的人三五成群，海阔天空地神聊。他不，他把自己关在小屋里，坐在台灯下，手摇一把扇，脚插半桶水，降温驱蚊，坚持写学习心得，记病理资料。通过勤奋学习，冯天有初步掌握了治疗腰部、腿部、颈部和接骨四个方面的正骨医术。但是，他没有止步，他在临床中发现有少数患者治疗后病情反复，什么原因呢？他感到不开阔视野，不博采众长是不行的。

这天，他接到了一封妻将分娩的加急电报。他挥舞着电报，情不自禁地喊出声："我要做父亲啦！"

他回到了天津。跨进家门，从里屋传出了一对婴儿的啼哭声，是双胞胎！两个儿子！儿子用哭声迎接了他，好像在埋怨无情的爸爸为什么姗姗来迟。他喜滋滋地亲了亲爱妻和儿子，算是赔礼赎罪吧。

本来，年轻的妻子要做母亲了，心里自然兴奋无比；可这是生第一胎，心里自然又感到异常紧张。因此，她非常希望丈夫在这时能守在身边。冯天有原可以满足妻子这点小小的祈求，他早已回到天津，可他却没有回家。原来，他有意地生了一场"病"，到两家医院登门求"医"。

人民医院外科主任，大名鼎鼎，他用中西医结合方法正骨，经验丰富，出版过许多著述，冯天有在大学读书时就很仰慕。他便把自己扮作一个"病人"，去找他就诊了。

"哪儿不舒服？"老主任笑眯眯地问道。

"这……大夫，我……"他迟疑了片刻，说出了自己平日所碰到的一些疑难之症，让对方在自己的身上做手法。老主任手法轻重缓急得体，他用心体会揣摸，有了真实感受。

接着，他又到了另一家医院，找到了在医学界闻名遐迩的许教授。许教授早年留学英、美，对人体解剖既有高深的理论知识，又有丰富的临床经验。冯天有诚恳地说明了来意，教授被感动了。看到他，教授仿佛想起了自己三十年前在伦敦、在纽约求学时的情景。教授把他领进了自己的研究室，先让他看几幅最新制作的挂图和人体解剖模型，又回答了冯天有提出的许多疑难问题，最后还告诉冯天有："前天，我给一个病人做腰椎间盘探测时发现，由于体位变动，使突出的髓核还纳了，说明有些椎间盘突出症，完全可以用手法复位治疗。"

这是一个了不起的发现！它使冯天有对治疗腰椎间盘突出症的认识有了新的提高，向前推进了一大步。

妻子微笑着向他轻轻点了点头，她谅解他了。两个儿子静静地偎依在妈妈的怀里，他们幸福地熟睡了。

之后，冯天有又利用各种机会，走访了数十家医院的骨科，拜访了十多位久负盛名的正骨医师。他遨游于知识的海洋之中，广取各家"推、拿、摸、压"之长，创造了"椎体旋转复位"新方法。

啊，他旋转了人的椎体，他旋起了一代医风！

金秋十月，正是收获的季节。冯天有向罗大妈挥泪告别，返回部队。

这不是杜撰的神话

他刚放下背包，章参谋长就歪着身子找来了："哟嗬！你可回来了！"

冯天有扶他坐下，马上给他做检查。说笑之间，冯天有已经为他做了手法复位。

神了！章参谋长前后左右晃动了一下腰肢，只觉痛感减轻："小冯，难道你有了扁鹊、华佗、李时珍的神通？"

他自叹弗如。他景仰祖国医学先驱的渊博知识，他自豪祖国医学宝库的富丽堂皇。他觉得自己只不过像银河之小星、沧海之一粟。他觉得要做的工作很多很多,不管白天黑夜,不分地点场合,遇到病人他就治。难怪有人用赞颂的口吻给他编了句顺口溜:"冯天有啊冯天有,冯天有的病号天天有。"一个被他治好病的飞行员,有一回见到他面带病容,既感激又心疼地说:"冯医生啊,你治好了我们的身体,自己却累瘦了,别忘了,你自己也有病啊!"不假,冯天有曾患有右心室肥大、美尼尔氏症等病,有几次晕倒在诊疗室,醒来后仍接着给病人诊治。母亲知道了,也不知生过他多少回气,背地里流了多少泪。但他每每总是一句话:"生病是不分什么人的,医生也一样!"一笑置之。

自他回部队后,看到章参谋长的腰痛经罗大妈治疗后常有反复,便思考起一个新的问题:为什么大量腰痛病患者都伴有腿痛?会不会是臀部"梨状肌"(即形状如梨的肌肉)损伤引起的呢?他终于做出决定:亲口尝尝"梨子"的滋味。他在自己的身上做破坏性"试验",背负百多斤的重物,猛一下使劲站了起来,就在起身的瞬间,他感到腰、臀部疼痛难忍。一检查,果然发现"梨状肌"损伤。脸,苍白了。汗,滴落了。在痛苦中,他得到了一个新的认识:有腰椎间盘突出症也可能有梨状肌损伤;有梨状肌损伤的,却不一定有腰椎间盘突出症。在一次临床中,他证实了这一认识是正确的。患者是驻地附近一个农民,被家人抬到部队找冯天有诊治。她腰腿疼痛了五个多月,一直卧床不起,丧失了劳动能力,连生活也不能自理。冯天有检查了她的腰部,并无"突出"症状。接着检查臀部,梨状肌损伤。遂进行手法治疗，病人第二天就可以扶床走动。又用药物配合治疗，不久，她就能下地参加劳动了。这不是杜撰的神话，而是活生生的事实！说它是奇迹，谁还能怀疑吗？

果真有，怀疑的人果真有！他就是上级卫生部的刘部长。他在一次上级卫生部门召开的航医工作会议上，以首长的威严、权威的架势、长者的口气批评道："小伙子，不要异想天开啦！什么'触诊法''理筋法''旋转复位法'的，新名堂倒不少哩！从爬雪山过草地那会儿起，我就跟医药打交道，至今还没听说过！实说吧，我自己的腰疼用手捶捶摸摸，也能舒服一阵子，过后还不一个样！要是摸摸捏捏能治病，还要医院干什么？还要我这个部长干什么？算啦，我能原谅你年轻无知，回去多学点正经的吧！你那玩意儿，不足为训。"

无知的曲解，可以纠正；善意的批评，可以接受；群众的误会，也可以澄清。但是，这些统统不是！他是身居高位的领导，他是颇懂医道的行家，正是他这样的人在怀疑。扶持新的事物不易，铲除旧的观念更难。

长空里，战鹰奋飞，涡轮欢唱。今天是飞行日，冯天有背起药箱向机场走去。一路上，他看到天蓝蓝，地茵茵，水清清，花儿朵朵，蝶舞蜂飞，这是多么迷人的秋色呀！他不再记恨那位刘部长了，他想起当初自己不也同样对"摸摸捏捏"持怀疑的态度吗？而现在却入了迷哩！他不由自主地抬起两只手，细瞅着被磨得又短又粗变了形的拇指，开心地笑了。

华佗再现

总理的指示，很快由邓颖超同志用电话转告了卫生部。

冯天有万万没有想到，敬爱的周总理专门为自己做了这么具体的指示。

5 月末，冯天有满面春风，出席了全国卫生工作会议。他，是总理特邀的代表。

6 月 4 日，上午，代表们发言。冯天有怀着局促不安的心情登上了台，做了《坚持中西医结合的方向，虚心向民间医师学习，积极开展新医正骨疗法》的报告。那天的天气很好，和风暖日，吐红泛绿。会场上更是气氛热烈，群情振奋。冯天有有叙述有论证，越讲声音越洪亮。他从我们伟大民族的繁衍昌盛，谈到了祖国古老医学不可磨灭的功绩；从党中央、毛主席号召创造我国统一的新医学新药学的重大意义，谈到社会主义制度为发掘祖国医学宝库开拓出无限广阔的远景。最后他发自肺腑大声呼吁：为了整个中华民族的健康，赶快行动起来，拯救新医学，拯救新药学！

报告，扣人心弦！掌声，经久不息！他在热烈的掌声中走回到自己的座位上，立刻被一群记者团团围住。

很快，报纸、电台和许多刊物，对冯天有做了持久的宣传。赞誉他是"一代新医""华佗再世""神医天有一双手"……他成功了。

母亲为儿子的成功感到高兴。她捧着儿子的手，摸了又摸，看了又看，不停声地说："哟，总理都知道了我的儿子！你小子真出息了！真是、真是哩！"她乐得合不拢嘴，整天眼睛里闪着喜悦的光彩……

而他呢？我们年轻的冯天有啊，你能经受得住来自各方面的赞美吗？是的，他的报告使他获得了极大的成功。此后不久，他便出版了一本近二十万字的医学专著：《中西医结合治疗软组织损伤》。全书文图并茂，深入浅出，并且提出了一些新的见解，得到了国内外专家的高度评价，受到了广大群众的热烈欢迎。它一版再版，被译成多种文字介绍到国外。此后，中央新闻纪录电影制片厂为他拍摄了彩色科教片《新医正骨》，在全国城乡放映，还被推荐给一些来访的外国医学专家观看。他赢得了更大的荣誉。一封封信，祝贺的，求医的，从四面八方雪片似的向他飞来。难怪有人说他过去名不见经传，现在则名扬四海、誉满五洲了。

然而他——年轻的神医冯天有，经受住了考验。他没有醉于花丛，他没有安于现状。他的声誉虽越来越高，头脑却越来越冷静。然而，在他宁静的心湖中，又泛起了小小的波澜……

他完全没有料到，刘部长在医政处长老徐的陪同下找上门来了，来找冯天有治病！他让老徐架着一只胳膊，蹒蹒跚跚地走进屋，神色有些不自然，问道："冯天有同志，还记得我吗？"

"部长！"冯天有惊讶地瞪大了两眼，"您怎么到这儿

51

来了?"

"没法子，"刘部长歪扭着身子，用拳头轻轻地捶了捶腰背，"下楼梯闪了一下，一疼就是二十多天，请你帮我捏捏看。"

"都做过哪些治疗?"

"唉！我是病急乱投医啊，打针、吃药、电理疗、拔火罐、狗皮膏、热水袋，全试过，瞎子点灯——白费蜡！我是刷牙身不能摇，走路直不起腰，连咳嗽一声都疼得汗直冒。"

"伤得不轻，"冯天有扶他坐下，双手拇指在背后触诊，"棘突偏歪。"说时，他巧施手法，复位旋转，只听"咔叭"一声，"偏歪"矫正了。"部长，试试看，有什么感觉?"

刘部长弯腰、下蹲、踢腿、甩手，一口气重复做了十几遍，没有痛感，活动自如。他捧起冯天有的双手看看，高兴得拍着肚子大笑："没有魔掌，没有魔掌！奇迹，奇迹！年轻的华佗！冯医生，明天我要请你到机关做报告，介绍经验，怎么样? 你甭给我'不不不'了！徐处长，你记住，回去通知各有关部门，除去值班和生病的外，医生都到会，特别是主治军医以上的，落下一个也不行，到时候我要亲自点名。"

冯天有愣愣地望着部长，这太突然了，他实在感到诚惶诚恐："让我做报告? 不不不！"他为明天的事犯愁了。

第二天，容纳三千五百人的会场座无虚席。与会者中，有赞许的，有抱观望态度的，有持怀疑态度的，不同的心情从不同的脸色中流露出来。

首先发言的不是冯天有，而是刘部长。他摘下老花镜，拿在手里，胳膊支撑在桌面上，抬头环视了会场一周，笑了："很好，坐满了，名我就不点了。借这个机会，我先说几句。头一句：偏见！再一句：偏见！第三句：还是偏见！人有偏见，看啥也不顺眼，黑白都会颠倒的。本来，软组织损伤是个常见病、多发病，也是疑难病。冯天有为了医治这种病，大学毕业的高才生，放下架子去跟一个民间医师学习，而且学有所用，做出了成绩，理当受到重视。

"可是，我这个堂堂的部长就当着他的面泼过凉水，说他'异想天开'，'自己的腰疼用手捶捶摸摸也能舒服一阵子'。唉，算是报应，前不久我的腰部果然扭伤，痛得我坐不得、行不得，躺在床上不能翻身，连坐在马桶上拉大便都不敢使劲哪！笑什么？这是实情嘛！想了很多办法，没用，最后只好硬着头皮去找冯天有同志。他说说笑笑，只用三五分钟时间就把我的腰痛捏好了。一个人才的成长是多么不容易啊！有的人，自己不行，又不让别人行，嫉妒、偏见！真正可怕的是知错不改。同志们！在认识上，部长有错部长改，在座的哪位有错呢，怎么办？好了，我不要求马上回答我，等听了冯天有同志的报告，再往深处想一想吧！……"

多好的老首长啊，真正红军战士的风骨！冯天有站在讲台上，眼闪泪花，心潮难平。这是一个别开生面的报告会，他感到主讲人不应该是自己，而是刘部长，那一阵阵掌声，那一张张笑脸，不是最好的说明吗！

冯天有啊，他在祖国这个古老医学的宝库里涉猎徜徉，他对新医正骨这门博大精深的学问潜心钻研，他用心血和汗水浇灌的这株芬芳馥郁的花朵，终于怒放了，更加娇艳了。

双手托起了友谊的桥梁

2月，一个美好的春光丽日，冯天有领受了一项特殊使命：受中华人民共和国外交部、中央卫生部的派遣，到位于西南亚阿拉伯半岛南部的也门民主人民共和国，为总统鲁巴伊先生治病。在他即将飞往亚丁之际，领导告诉他，这一次围绕着为总统治病，许多国家正在展开一系列频繁的外交活动，发动了一次又一次"亲善"外交攻势。其中有"超级"的国家，有"发达"的国家，也有"发展中"的国家。他们都声称拿出世界上最名贵的药品，派出世界上最著名的专家，提供世界上最完善的设备，确保总统早日恢复健康。

但是，这位勤于思索、多谋善断的总统，清楚得很！他知道在为自己治病的背后，将会意味着什么。他权衡了利弊，婉言谢绝了所有的邀请，而是自己发出了一个真诚友好的邀请：接受中国医生治疗。

过去，总统曾先后几次对我国进行友好访问。文明古老的国家、勤劳善良的人民，都给他留下了深刻的印象。特别是在访问过程中，与周总理举行过长时间的会谈，友谊的种子深深地根植于他的心田。"海内存知己，天涯若比邻"，总统在我国访问中常常吟哦中国人民喜爱的诗句。总统回忆起当年访问时的美好情景，终于做出了最后的决定。

没有料到，总统先生的这一重要决定，最终会是他去完成，担子有多重是无法形容的。冯天有连日准备治疗方案，连细枝末节都做了周密思考。他打点停当，望着母亲殷殷期待的目光，起程了。带着具有中国古老传统的医术，带着中国人民的良好祝愿，带着中国政府的重托，乘坐一架巨型客机飞上了高高的蓝天。

傍晚时分，客机在首都亚丁机场徐徐降落。这里属于热带沙漠气候，干燥炎热，加之高空长途飞行，冯天有走下飞机顿觉身体不适，大概还因"生物钟"未来得及调节的缘故吧。一辆"奔驰"轿车，把他从机场载进了中国大使馆。

夜里，亚丁湾和阿拉伯海带有藻味和咸润的海风，穿过月光照耀下的无垠的沙漠，刮进了这个高原之国的首都，比白天倒是多了些凉意。这是人们入睡的大好时光。整个亚丁城一片寂静，好像已经进入了梦乡。但是，冯天有毫无睡意。他熄了灯，拉开二楼宿舍的绿色窗帷，眺望夜空，寻觅"北斗"。他想到自己虽然顺利到达，但能不能凯旋呢？心里还不大有底儿。

月光下，使馆院内高高矗立着一根旗杆，冯天有仿佛看见了五星红旗在那上面飘扬，自己也像置身于祖国大地，偎依在母亲的怀抱，胸中燃起了一团火！他看看手上的表，已经深夜时分，心想：睡吧，明天就要去给总统治病了。

第二天，冯天有在我使馆人员的陪同下，驱车来到总统的官邸。跨进官邸庄严的大门，步入敞亮的客厅，总统仰靠在沙发上等候。他万万没有想到，从中国远道而来的专家竟是这般年轻。总统满面笑容，亲切地握住了他的双手，拉他坐在身旁，拍着他的肩头说："辛苦了！欢迎你，冯博士！昨晚上休息得好吗？气候不大适应吧？有什么要求请不必客气，博士是我请来的贵客。贵国人民非常友好，请转达我的问候。我很敬佩毛主席，敬佩周总理。可惜，周总理不在了！中国失去了一位卓越的领导人，我也失去了一位最伟大的朋友！"总统说到这里，心情显得很沉重。

这里，无须再对治疗的过程做详细描述，可以告慰大家的是，一个星期后，总统就丢开手杖，不用人搀扶，可以自如地行走了。

消息在亚丁传开，犹如亚丁湾和阿拉伯海发生了一次巨大的海啸。许多国家的使馆人员表示怀疑：中国会有这样神奇的医生？不可能！但是，当他们看到总统在一次盛大的宴会上突然出现时，不得不低首自叹。当他们看到总统和年轻的中国医生合影的照片时，更是惊呼在中国卫生界发现了一颗光灿灿的明珠！

冯天有凯旋了！他带着友谊而来，又载着友谊而归！他用一双普通的手掌，托起了一座友谊的桥梁！

正当冯天有乘坐飞机返回祖国的怀抱时，中国使馆的同志已经把他为总统治病的详细情况，通过电波，以每秒约三十万公里的速度从太空传回北京，传到了毛泽东主席的手中。毛主席看了电报十分高兴，提笔在电报上做了重要批示：

看来年轻人大有希望，但不要骄傲。

谆谆的教诲，殷切的期望，冯天有牢记在心。他总觉得自己没有什么可骄傲的：一人红红一点，大家红红一片。一朵花打扮不出春天，万朵花争妍才春色满园。

于是，他开始运筹一个宏大的计划：应该把从人民中间学到的医术，再奉献给人民。办学习班，让更多的人掌握这门医术。如果外国人想学，也教，知识不应该受到国界的限制，它是属于全人类的。再说，能够搞点"输出"，这是我们中华民族的自豪！

愿望终于实现了。粗略统计，经冯天有亲手培训的学员近千名，而且他们又带出了成批成批的学员，真像滚雪球一般！其间，他受联合国世界卫生组织的委托，在中国卫生部的具体组织领导下，为世界一些国家开办了三期外训班。这些新医正骨之花，不仅开放在中国大地，也开放在异国的土壤上。

我们的冯天有啊，他虽然还很年轻，可是他却真正称得上"桃李满天下"了！

又一期外训班正式开课。教室里坐着十多个学员，语言不同，相貌各异：肤色有墨一般黑的、棕一般红的、雪一般白的，眼睛有蓝色的、绿色的、黄色的……他们在国内都曾是获得各种学位的医学专家。冯天有进门来，学员们很礼貌地站起身，向他致意。随后，两名护士搀扶着一个女病人缓步走进教室。病人的脸色苍白，后颈僵直，口眼歪斜。头向一侧歪扭着，眼睑不停地颤抖，挪步时两只脚尖不能离开地面，伤势很重！学员们围向了她，想看个究竟。

突然，从学员中走出一个神情淡漠的人。外表上看，他四十上下的年纪，身材高大，棕发、谢顶、高鼻梁、蓝眼睛，名字叫K·布朗，曾经留学英国，是一位很有建树的外科专家。他在翻译的协助下，听了病人的自述，师心自用，旁若无人，立即用"望、闻、问、切"的方法，对病人进行了检查，诊断为"脑外伤后综合征"。他笑嘻嘻地面向冯天有伸出了两个指头，意思是他只需两个星期的时间，就可以治愈她的病。他显得非常自信，一副扬扬得意的样子。

依违两可！冯天有仔细看了病人一张正位和一张侧位的X线胶片，以商讨的口吻说道："片示颈曲反张，颈椎后缘曲线在颈3—4处中断，颈3向前滑移约两毫米……"说着，扶病人坐在椅子上，双拇指触诊，发觉颈4棘突偏右，压痛明显，局部棘上韧带钝厚。诊断是"颈外伤性半脱位征"。

"冯教授，我很遗憾。"K·布朗两手一摊，耸了耸肩，鼓着腮帮吹气说，"教授，请您手法治疗吧。"

其他学员看他当面对教授不恭，表示遗憾，有的甚至斥责他：太随便！太狂妄了！

"好吧。"冯天有谈笑自若，心照不宣。他站在病人背后，用"先正后松"的方法，右手托住病人的下巴，左手拇指顶住患处，轻轻地旋转，"咔叽"一声响，又揉了揉肌

58

肉和韧带。正了！松了！立时，病人口眼不斜，自己可以在室内走动。神工鬼斧，石破天惊！只消二十分钟，取得如此惊人的疗效，学员们简直佩服得五体投地！K·布朗目瞪口呆，一下握住冯天有的手和他拥抱。他们把冯天有抬起来"嗷嗷"叫着抛向空中，同时跳起了狂欢的舞蹈，尽情地高兴。

头一课，这么个讲法，是冯天有精心安排的。这批学员，都是造诣很深的专家，但其中也有的像K·布朗一样自命不凡。如果他们一开始就不能把自己摆在一个认真学习的位置上，自己不仅学不到东西，回国后再来个反宣传，其危害比那些没有学习过的人，会有更大的煽动性，将造成世界性的影响。他要在一开始就抓住他们的心，让他们相信：新医正骨疗法是科学的，能够治大病的，可以以其独特的风格和世界上治疗同类病的最好方法媲美。他的目的达到了，他们真正被震慑住了。

学习圆满结业，学员们即将离开我国。K·布朗在回国前夜，来到了冯天有的宿舍。他很激动，依依不舍，连眼圈都有点红了，但是，他这次登门不是为了辞行，而是负有特殊的使命。他还是很善于辞令的，先是用许多美妙动人的言辞，表达了对老师的一片崇敬之情。接着，他绞着手指，微微一笑，谈起了对我国的印象，他说："中国政府很友好，中国人民非常伟大，中国是有希望的，但是现在还很贫困，我深表同情。"他喝了一口咖啡，用戴着宝石戒指的手摸了摸自己光亮的前额，眉飞色舞地夸耀起他的国家物质之丰富、精神之文明、科学技术之发达，简直是完美无缺，天衣无缝了。说到这儿，他高兴得笑起来，露出一口雪白的牙齿："冯教授，要是愿意的话，本国政府和人民一定伸出热情的双手拥抱您！请不要误会了我的本意。"

真是胡说！不会误会的！冯天有的脸上突然流露出痉挛性的痛苦的神色。原来，他是来当说客的！他愤怒之极，但他没有发作。他在同K·布朗这段时间的相处中，感情是诚挚的、友好的。他这个人很不错。再说，他这番话并不是佛口蛇心，只是他还不了解一个真正的中国人的心。他两眼炯炯，笑着问对方："K·布朗博士，您很爱自己的母亲吗？"

奇怪！问这个做什么？K·布朗使劲地眯着两只蓝眼睛，沉默了片刻，他若明若暗地笑道："当然，哪个儿子不爱自己的母亲呢？你的老母亲、夫人和孩子，我们都欢迎，都欢迎！"

"不，您错了。"冯天有微微摇着头，深情地说，"祖国就是我的母亲。我们中国有一句古话：'儿不嫌母丑。'是的，她现在贫穷、落后，但她有丰富的资源，有十多亿双扭转乾坤的巨手，她有希望，有希望早日强盛起来！"

"哦！"K·布朗紧抿双唇，显得有些尴尬，频频地点着头。他明白了，中国人的民族自尊心，真比钢铁还坚硬，这就是中国的希望所在！他仿佛受到了感染，激动地站起身，和冯天有握手告辞。"您是对的，冯教授！"

"谢谢，谢谢！"冯天有把他送到门外，看了一眼夜空里璀璨的群星，北斗星是最明亮的。他笑嘻嘻地说："博士，正如您所见，我把中医和西医结合在一起，首先得把自己的命运和祖国母亲的命运结合在一起。晚安!"

"晚安,教授!"

深夜,11点多钟,病房里的空气像凝固了一般。一双温厚的手搭在素白的床单上。轻握着母亲一双布满经络的枯黄的手,看着母亲慈祥、恍惚的目光紧盯着儿子那张写满沉痛悲怆的脸庞。

母亲虽然在弥留之际,可神志还很清醒。刚才院首长接到一个电话,要儿子马上出诊,去给一个外国朋友治病。此时,她多么不想让儿子离开啊!

刚从学习班回家的冯天有,还未来得及掸去一身风尘,就赶往病房守护着垂危中的母亲。他凭一个医生的经验,很清楚母亲的时间不多了。想到老人家就要离去,他是多么想再最后看上几眼呀!可是,那位外宾经中国外交部和上级有关部门深夜来求医,一定病得不轻,这也不可耽搁呀!

值班护士——一个年轻的姑娘看着这母子情深、难舍难分的场面,情不自禁地在一边轻声啜泣。

泪,顺着母亲的眼角,一滴一滴,洒落在洁白的枕巾上。

冯天有用手绢给母亲轻轻拭去了眼泪。母亲的嘴唇微微颤动着,渴了?他把一杯温热的糖水送到了母亲的唇边。母亲没有喝,只是眨了眨蒙眬的双眼,注视着儿子阴郁凄楚的脸。忽然,母亲吃力地抬起双臂向前伸去,一下抓住了儿子的双手,慈爱地抚摸着他的每一个手指头,又轻轻地拍了拍,紧抿的嘴角也颤巍巍地舒展开了——母亲是想笑一笑啊！她的双目似乎也添了些许的光彩。母亲是在想什么？虽然她不能言传，但冯天有似乎全都能意会。因而，他心中感情的波澜也更加翻腾不息了……

"冯主任，大娘需要你守在身边。我去给领导回个电话，请那位外宾改日再看吧？"值班护士悄声说。

蓦地，冯天有感觉到母亲的手痉挛了一下，勉强睁开的眼睛里流露出一线期待的目光。往日，冯天有只要去执行一项重要的任务时，母亲不说话，总是用这样的目光看着他……这时，冯天有好像领会了母亲的心思，朝护士摇了摇头。他起身走向病房门口，又转身摘下军帽，向母亲深深鞠了一躬，挪着沉重的步子出了病房。

天上的星，一颗一颗地隐去；路上的灯，一排一排地熄灭。他乘坐的小车在路上只奔驰了五十七分钟，母亲就停止了呼吸，她终于没能等到儿子回来，就含笑上路了……

车子在夜幕中向宾馆驶去，冯天有拉开车窗的黑色帘子向医院方向凝神张望，不由得两行热泪沿腮帮滚落下来。

但他正从心底呼唤着：好妈妈！儿子是去用双手解除一位外国友人的病痛，编织一个友谊的花环送您老人家远行的啊！……

我们中华民族，炎黄子孙，从猿到人，为了生存、繁衍，由爬行到直立，脚和手逐步有了明确分工，摒弃了刀耕火种，掌握了现代科学。人杰地灵，华萃精英！在绵延的历史长河中，用多少双手发掘、建造了自立于世界民族之林的璀璨夺目的文化艺术殿堂！

茫茫天宇，耿耿河汉，人类要探索它，人类要征服它！而这又将需要多少双这样的手呢？啊！手，天有一双手！……

（原载《青春》1982 年 9 期）

这是一条女人的星系

少 女 篇

1

正值芳龄的姑娘，当处富于幻想的年华；十七八岁的少女，每个人更是有一串五彩缤纷的幻想。是成为南丁格尔那样的救死扶伤的白衣天使，还是像居里夫人那样的举世瞩目的科学家？抑或，当一名像冰心奶奶那样的作家，用一支神奇的笔拨动千百万人的心弦……她们对未来充满了美好的向往和壮丽的憧憬。

1982年初夏，就有这样一群少女跨进了航空预校庄严的大门。她们是从黄浦江畔、大明湖边、黄海之滨走来的，眸子里一样带着又是惊又是喜的梦幻般的神情。直到穿上了崭新的军装，她们才相信，梦想真的变成了现实。

看到天空，姑娘们的激情在胸腔鼓荡。这就是从来没有想到过，而今确实做了它主人的蓝天吗？遥远、神秘、诱人，深不可测。它有瑰丽的朝霞，璀璨的繁星，七色的彩虹，洁白的云朵……多像一个迷人的宫殿。从此，她们将与星辰为伍，与日月为伴；她们将追风逐云，驾雷掣电，在谜一样的蓝天上度过一生。这是多么豪迈、多么令人心醉的神奇事业。

然而，她们谁也没有想到这个事业严峻的一面，更没有想到，要成为一个真正的女航空员，是需要付出比男人更多更大更痛苦的牺牲的。

来自泉城的姑娘王惠，那年刚十八岁，流盼的双目，闪烁着青春的光辉，额头上覆盖一绺乌黑的秀发，一缕弯曲的刘海更为她的面容增添了几分俊气。她九岁学拉小提琴，琴弦上跳荡着她当音乐家的金色的梦。仰望苍穹，她觉得天幕真像蓝色的乐谱，闪闪烁烁的星星，就是一个个跳动震颤的音符……实在令人向往。可是，第二天，迎来的不是乘飞机上天揽月，而是上操场练习走正步。"分解动作：——"年轻教员的口令，标准，威严，如同他黑红的面孔。王惠踢出的左腿不能着地，全靠右腿支撑着身体，有几次，因踢得过猛，重心不稳，差点儿摔倒在地。"注意！踢出的腿，脚背要绷直，步幅七十五厘米，脚底距地面二十五厘米。不能多，也不能少，这样才整齐划一。"教员边说边做示范，吓得王惠心里直发虚。

小憩时，王惠嘀咕："我们放弃上大学的机会，是来学开飞机的，要是学走路，还用到这里来吗！真枯燥，没意思！"

教员严肃地说："会走才会飞！每一个航空员都是从这

65

里走出来的，要成为合格的航空员，首先要成为合格的军人。你们别光想着当天真的浪漫家。"

练走步的"一"，多像一条望不到尽头的跑道，从大地一直通向云端。姑娘们正是由"一"起步，踩着它一步一个脚印走上了蓝天。

盛夏，烈日伸着长长的舌头，舔得树叶打蔫，小草枯焦。这时，地面训练也达到了白热化的程度。王惠和姑娘们一起，每天除了必须完成三千米长跑、一百个引体向上、七十个翻转滚轮的体质训练外，还要从三米高的跳台上爬上跳下数百次，练习伞降落地的动作。她早晨刚穿上的衬衣，中午就结了一层白花花的盐霜，肩头磨出一道道血痕；脸被晒爆了皮，汗水一浸，火烧火燎地疼；两腿跳肿了，脚脖子发亮，一按一个深深的小圆坑；手掌心被伞绳磨破了，血肉模糊，露出龇牙咧嘴的嫩肉，一碰就痛得钻心。训练完，王惠走进饭堂，面对美味可口的饭菜，却不想动筷子，毫无食欲。回到宿舍，她倒在床上就哼哼，腰酸背痛。往日的歌声，平素的说笑，都跑得无影无踪。男学员见了直撇嘴："瞧她们惨兮兮的样儿……"王惠一听，嘴唇哆嗦了半天，想反击却又找不出词儿，"哇"的一声哭了。是委屈，是自愧？是失望，是痛悔？

教员一瞪眼睛："你的'下水道'（泪腺）是不是太发达啦？"

她一扭头，哭声更高了。爱哭是姑娘家的天性，也是少女的权利啊。小时候，王惠就晓得，别说受了委屈，就是她真的做错了什么事情，一哭，爸爸妈妈都要围着她转，哄她，给她买这买那的，这时候提出来的要求，没有实现不了的。可是，军队不买这个账，你会哭吗？好吧，请哭吧，你哭得天昏地暗又怎么样？教员会让大家看着你哭，还会哄你？想得美！不过，教员对王惠也真是没咒念了。他吼到后来，长叹一声："唉，你啥时候才能成器哟！"

月光如银，泻进窗内，洒在王惠难眠的脸上，使得本来就有些苍白的脸更加苍白。她侧身看到墙上悬挂着的心爱的小提琴，多日不拉，琴身已经落满轻尘。她不由自主地搓搓两手，指关节已经变硬变粗，还能够奏出那柔曼的《青春的梦》吗？那悦耳的琴声，那热烈的掌声，那辉煌的乐厅……童年的梦真的被现实粉碎，变成破灭的泡影？她咬着被角，哭了，哭得很伤心。"我不是飞行的料，还不如早早回家！"她动摇了。

就在这个时候，学校组织文艺晚会，要她们也出个节目。这种事难不住她们。王惠有了用武之地，她和小姐妹们一合计，联想这一段艰苦的训练生活，调动艺术细胞，展开了想象的翅膀，自己动手编排了一个舞蹈《飞翔》。场灯渐暗，帷幕拉开，在《我爱祖国的蓝天》优美的音乐声中，她们手持银色的飞机模型，如惊鸿，似掠燕，在蓝天白云间翩翩起舞。观众们的阵阵掌声，使姑娘们陶醉了：待明天，一定要在蓝天的舞台上大显身手，一定。

舞蹈是粗朴的，但它可以净化人的心灵。王惠明白了：幻想是美好的，要变成现实还得靠自己的努力，也许这种努力是残酷的。从此，她开始加倍地锻炼。为练俯卧撑，她在腰上扎条带子，让别人拉着她做；拉单杠，手上磨出了血泡，破了的血泡连皮带肉粘在杠子上，痛呀！她又想哭鼻子，想想不对，使劲咬住牙忍了，军人流血不流泪。她扯一条手绢包住手，身子一跃，又吊在了单杠上。闻到汽油就恶心，她索性把花手绢放汽油桶里浸湿，随身携带，有空就掏出来嗅一嗅……

天长日久，大量的运动，加上充足的营养，王惠惊恐地发现，自己的体形在变。本来苗苗条条的，现在变得粗粗壮壮的了。原来肥肥大大的军装，现在却紧绷绷的，这可怎么得了。

和小姐妹们一说，人人都有同感。怎么办哪？

"咱们营养过剩，能不胖吗？咦，有办法，咱们节食束腰吧。"

"可营养跟不上，怎么能保证飞行呢？"

"那咱们就减少运动量，练简·方达健身操。"

"身体素质下降，被停飞淘汰了怎么办？"

她们想出一个又一个充分的沉甸甸的理由来说服自己，又用一个又一个分量更重的理由反驳自己。到头来，谁也没有被说服。祖国的领空搁在了肩上，那分量是何等沉重啊。

姑娘们走进军营时，带了那么多的化妆品，粉呀霜呀膏呀，国产的，进口的，数不胜数，拾掇在一起，足可以办一个化妆品展览会。可是，学习任务重，训练时间紧，一天到晚，一年到头，能有多少时间允许姑娘们坐在镜子前面细细梳妆？那些精致的小瓶瓶、小盒盒，像布娃娃一样被冷落了。只有到了星期天，领导允许了，也有时间了，她们才换上心爱的时装，像一片馨香、美丽而又喧闹的彩云，飘出航校的大门，牵拽了无数小伙子的目光……

2

走出航校了，军人更加严峻的生活在等待着少女们。军人离不开牺牲，年轻的女航空员的牺牲，却更为特殊，甚至难与人言。

这年的冬天，一场突如其来的大风雪吞没了大兴安岭一支筑路队的一百多名工人、一百余匹骡马。年轻的机长秦桂芳，接受了指挥员交给的空投救援任务。

秦桂芳的身体有些不适。她脸色苍白，鼻尖上爬满了细密的汗珠，左手扶住炕沿，右手顶住腹部，勾着腰，一动也不动。

领导知道了她身体不适，提出另换一名机长，秦桂芳急了："这算什么！要是打仗怎么办？"

"打仗再说打仗的话嘛。"

"救人如救火，跟打仗有啥两样呢？这样的事也照顾，还有个头吗？"

"那好。不过，支持不住别勉强，飞行不是儿戏。"

"好的！"她找医生要来止疼药，就出发了。

深夜，严寒袭来，气温低达零下三十多度，飞机无法启动。秦桂芳和机组冒着被冻伤的危险，上机场给发动机加温。风雪肆虐，滴水成冰。脸冻青了，手脚麻木，黑发变成银丝，睫毛结满冰花，没人理会，她们心里揣着一团火，起飞了。

林海雪原，银色世界，没有导航点，根本辨认不清地标。按时间计算，已经到达空投目标上空了。可是，除了一望无垠的雪野外，什么也看不见。她索性驾机在预定目标上空盘旋、搜寻。她的两眼被耀眼的雪光刺痛了，流泪了，依然找不到人影马迹。

就这么返航吗？

她们连续飞行，已经十多个小时没有吃上饭，饥肠辘辘。秦桂芳更觉周身难受。可那些被风雪围困的一张张饥饿难耐的脸，一匹匹奄奄待毙的马，影子般在秦桂芳的眼前变幻着。"下降高度！"她毅然下令，飞机沿着狭窄的山谷向前飞去。被围困的工人闻声跑出峡谷，在一片开阔的雪地上，用红被子铺成空投标记。

"看见了！"秦桂芳兴奋地叫起来。

工人们得救了。秦桂芳不仅饿极了，而且腹痛、恶心、头晕、乏力，反应很大。假如是个工人，她可以不做繁重的体力劳动；假如是个运动员，她可以暂停高难动作的训练；假如是个舞蹈家，她也许不必跳倒踢紫金冠……但是，作为一名女航空员的秦桂芳，驾着银燕，上升，下降，俯冲、盘旋，身体各个部位都要密切协同，剧烈运动。特别是拉杆、蹬舵，一用力，浑身上下，总觉得不轻松、不自在，实在难忍至极。空投时，她把一切抛向九霄，咬牙坚持，不露声色；任务完成了，她才感到腰酸背痛，全身像散了架，瘫坐在座椅上，动也不能动了。

8

姑娘们也有被难住的吗？有。这不，大队长收到一份申请，一份要求停飞的申请。申请人是谁？邵旸。

一天前，邵旸接到一封加急电报：

"父病危，速回。"

她不敢相信自己的眼睛。爸爸是远洋船长，大海的狂风恶浪练就了他一身钢筋铁骨，从她记事的时候起，就没听说爸爸生过什么病。不久前收到妈妈的来信，还说爸爸很快又要远航美国、荷兰，盼她请几天假，回家和爸爸见见面。因为爸爸远航在外，父女已有几年未见，她真想爸爸。

爸爸常年在海上航行，一年有七八个月不在家。为此，她小时候就跟爸爸订了协议，只要爸爸回家了，就是属于她邵旸的了，既不属于妈妈，也不属于远洋轮的。爸爸也真遵守协议，让她骑在脖子上去逛公园，赏花、看动物，带她到码头上看各种船舶，讲海上的传说，讲海里的奥秘，那真是一个神奇的世界。

邵旸曾立志当一个女船长，像爸爸那样走遍大海大洋。她当上女航空员时，爸爸高兴极了："你是和第五大洋打交道喽！咱们同行，看谁干得好！"

有一次，爸爸在船上被绷断了的钢索打翻，额头和膝盖受重伤，送医院抢救。他从昏迷中醒来还叮嘱妈妈千万别告诉邵旸，免得女儿分心，在飞行时出事。妈妈原是上海女排的主攻手，既温柔又刚强，真的没把这事告诉邵旸。

后来，邵旸听说了，为此痛哭了一场。

妈妈的信紧跟着电报从上海飞来了。

"……你爸爸脖子上长了一个肿瘤，初步诊断为恶性。手术后，一直意识不清醒，每天念叨的都是'旸儿回来了吗？……我还能见到她吗'。妈妈也急得旧病复发，打球时受过伤的两条腿像瘫痪了，站立不起来。女儿呀，回来吧，哪怕待上三五天，让爸爸看看你，他就是有个三长两短也能安心哪！……"

邵旸热泪滚滚，心里头一个劲儿地喊妈妈。

在家的时候，她是妈妈的心头肉，衔嘴里怕化了，攥手里怕飞了。从出生到上学，她都跟着妈妈睡觉，一直没有离开过妈妈温暖的怀抱。有一年，她生病住了院，妈妈没日没夜陪伴在身边，眼泪没见干过，一口饭一口水地喂，精心照料她。当她病愈出院时，妈妈却病倒了，她又来照看妈妈……

邵旸拿着电报和信找领导，要求回家看看。

可是，邵旸这一批女航空员正在进行新机种改装训练，不能因为一个人而影响大家的进度，领导不同意她马上回家。邵旸又气又急，不假思索地写了一份要求停飞的报告。

这天晚上，邵旸彻夜未眠。她想了些什么？她不说，谁也不知道。人们只看见第二天一大早，她红肿着双眼又去找大队领导要回那份停飞申请报告。大队领导告诉她，组织上已经派专人去上海探望两位老人家，希望她安心飞行，完成训练任务。

邵旸迎着朝阳来到机场。她忽然领悟到，飞行要求一个少女做出的牺牲里，包含着女儿对爸爸妈妈最诚挚的爱……

妻 子 篇

1

真正的爱情，并不像许多作家写的那么神秘莫测，也不那么罗曼蒂克。爱情，就像春天播撒的种子，遇到适宜的气候和土壤，便会生根、发芽、开花、结果。适合于爱情的气候和土壤，是男女互相的接触和了解。每日里，花前月下，湖畔幽巷，不是常有这样双双对对的情侣吗？挽着一只刚强有力的臂膀，斜倚在男朋友的身上，漫无目的地走着，这是何等的幸福。对当今的青年男女来讲，这是司空见惯的。可是，对那些刚刚陷入热恋之中的女航空员来讲，却是一个可望而不可即的梦。女航空员在航校当学员时，明文规定不准谈恋爱；到了部队，正是飞行的黄金时期，又无暇顾及谈恋爱；等到二十四五岁，可以谈了，行旅匆匆，相聚的时间又那么少。似乎命里注定蓝天就是她们的情人。

王荣莉是1972年当上女航空员的，为了寻求事业上的支撑点，她选择的男友也是航空员，同在本部队。她希望今后的家庭生活，也和蓝天紧密相连。

可是，她和男友，平时都生活在各自的飞行大队，各自执行各自的任务。两人虽然近在咫尺，却又像远在天涯，互相难得关照几句。常常是她刚从云间返回，他却从大地起飞，根本不能像别的恋人那样耳鬓厮磨。

年轻恋人的心相互吸引着，犹如蓝天上的云霞缭绕，相映生辉；恰似原野上的花草，散发着浓烈醉人的芳香。有一次，王荣莉到外地执行任务，好一阵子才驾机归来，她多么渴望飞机快快落地，快快见到他。他也一定想尽快见到我吧？他胖了，瘦了？白了，黑了？训练怎么样，飞得好不好？见到我，他第一句话会说什么？"亲爱的，想死我了！"不，他从来不会这样酸溜溜的。他准是先拿眼睛馋馋地瞅着我，接着把我拥进怀里，急急的热浪在我脸上、脖子上来回地吹动。

她正甜甜地想着，突然从耳机里听到一个熟悉得不能再熟悉的声音："03，出航了！"她心里一揪，这不是他吗？准是他看见自己的飞机要降落了，在跟自己打招呼呢。她心里掠过一丝甜蜜，又泛起一丝苦涩。

中秋节的夜晚，她和他难得地相聚在营院的桂树下赏月。圆圆的月亮迟迟没有升起，他突然接到任务要出航，送一个生命垂危的病人上医院。他回到宿舍拎起飞行图囊刚要走，默默地跟在他身后的王荣莉一把拉住他的衣袖，轻声地说："等一下，吃口月饼吧！"

两人目光相遇的一瞬，她感觉到了他感情的炽热。他们都不是冷冰冰只会飞行的机器人，而是充满了青春活力的多情男女。在两颗心的深处，掀起了一片甜蜜而又缺憾的涟漪。他没有吃月饼，却在她的脸上重重地、狠狠地亲了一口，匆匆地走了。

"真坏！"她感觉半边脸热热的，那半边却留作了长长的思念。

这时，悠扬的歌声从远处传来，在她耳际萦绕：

　　愿做蝴蝶比翼飞，
　　天上人间永相随，
　　辛勤蝴蝶传花粉，
　　终身合作不分离。
　　……

这首歌她不知听过多少次，但从没有今天听来令她动情、神伤。不分离，已分离。

中秋的月亮升起来了，但不是圆的。皎皎明月、灿灿灯火，千家万户欢声笑语，共度中秋佳节。而王荣莉却孑立路旁，目送心上人出航。月光泻落在她身上，投下一个长长的、孤独的身影……

此刻，她千里迢迢归来，还没有见面呢，他就又飞走了。她几乎抵挡不住那阵阵袭来的惆怅和寂寞。她感到特别的饥渴，但不是要甜甜的水，而是要柔柔的情。

"03，出航了！"他又说了一遍。

虽然只有一句话，王荣莉却听出了他没有说出口的千言万语，她立即向塔台，也是向他报告："04，落地了。"

两只银燕擦翼而过，这是一种特殊方式的赠言……

5

婚后三天，他们就别离。新郎聂传春回部队驾驶歼击机，参加战斗值班；新娘岳喜翠在运输机部队执行任务，

75

独守空房。新婚宴尔，两人便开始了牛郎织女的生活。

夜晚，岳喜翠凭窗眺望，高远、静谧的天空里，星星挤眉弄眼。那条横亘的宽阔的天河，在皎皎月色中闪着粼粼波光。隔河相望的织女星、牛郎星，像眼睛里滴落的两颗晶莹的泪珠。那古老的传说，是美好的，也是令人心碎的。牛郎织女每年七月七，靠普天下的喜鹊为他们搭桥相会一次；自己和丈夫在天河两岸飞来飞去，是靠一年一度的假期相聚一次，常年可以相见的，只是这一片茫茫的星空。深夜里，当她难入梦境的时候，伸手摸着半边凉凉的空床，心里也是空落落的。岳喜翠最怕到周末，有家的姐妹们，洗澡、修饰，喜滋滋地回去和丈夫、儿女相聚，共享天伦之乐。她常常遥望南天，数日月，数星星，心中不禁涌起阵阵愁情别绪。她和所有的妻子一样，也希望得到丈夫的温存。

人的爱，起源于肉体的吸引，开始于心灵的需要，终归，还是要达到灵与肉的完美结合。爱是随处都存在的，但又是最难以寻觅的，即使夫妻也是如此。

漫长的五年，苦熬的五年。领导关怀，颇费一番周折，才将聂传春调到岳喜翠所在部队，改飞运输机。夫妻二人，从蓝天上飞来，又向蓝天飞去，终于在银河相会。这是每一对长期分居的夫妇所渴求的事情，岳喜翠自然喜出望外。

不过，聂传春在高速歼击机上可以翻筋斗、做特技，犹如天马行空，独往独来，在运输机上飞行却不那么自如了——笨得像头牛。飞行回到家里，岳喜翠常见他皱着眉头，唉声叹气。一问，原来没飞好，挨了教员的训斥。

76

"你是怎么飞的!"她是个急性子,一听说飞得不好就来气。冷静下来,扪心自问,又觉得对不起丈夫:一个技术精湛的歼击机飞行员,纯系了为了和自己相聚,才从头学飞运输机,为了爱,舍弃了爱,也真够难为他的。

夫妻团聚,精神上都得到了莫大安慰,但不知道为什么,她又觉得有些失落感。为自己,还是为丈夫?说不清楚。她只是不想在平庸中度日。她常常在他面前发些无名火。

他也很烦,但从不在她面前发火。一天,吃饭时,岳喜翠试探着和丈夫说:"传春,这样下去也不是个事,快奔四十了,年龄不饶人哪。咱跟领导说说,你还是调回歼击机部队吧?"

迟疑半天,传春问道:"我刚调来,要是再分开,咱俩难道永远过牛郎织女生活吗?"

这是几年来常讲的话,也是最害怕听到的话。但她要寻找与事业相平衡的精神境界——追求更高层次的道德情操与生活情趣。她心颤颤,泪汪汪,觉得作为妻子,实在没有尽到自己的责任,可哪一个女航空员不是如此?她想的是:只有事业美好,生活才更加美好;离开事业的生活,还有什么实际内容呢?也许人的事业心越强,家庭生活的诗意就越少。于是,她急急地问道:

"你不想飞了?"

"谁说的。"

"那就分吧。"她一句淡淡的话,也是一句斩断绵绵柔情而又包孕无限柔情的话,"姑娘们要成器,男子汉也要成器呀!"

"谢谢你，亲爱的！"传春在妻子面前，从没有过今天这么动情，"说真的，飞惯了小飞机，一下改飞运输机，从心理上我就不习惯。一言为定，调走。"

这是心灵的共鸣。他们夫妻二人，需要的既有情感上的热烈拥抱，又有事业上的强烈亲吻。

刚从外地执行任务回来的杨政委听到后，找上门关切地劝阻："两地分居这么久，调一起多不容易。这回又要分开，麻烦事还有个完吗？"话虽这么说，他内心还是被这对夫妻的行为深深感动了。

她微微颔首，但还是坚持个人意见。

真没想到，领导看到报告，欣然同意："冲岳喜翠两口子坚强的飞行事业心，我们特批了。"

冷静的"批评家"听说这件事，不以为然地对她说："岳喜翠，你倒是图个啥？人家夫妻千方百计往一起调，你们夫妻调一起又千方百计往两地分，怪事情！有碗飞行饭吃就行了呗，心还有多高呀？"

听到这种话，岳喜翠心里很难过，可她还要笑着听，跟没事一样，心里就更难过。不过，她在和同志们交谈时说道："干啥事吃啥饭，不干那事吃那饭，当二混子，嘴巴流油，心里也不舒坦。在我们国家，夫妻二人为了事业，天各一方，长期分居的还少吗？我啥也不图，就图和丈夫一起能多飞几年。有人说我是唱高调，那有什么办法呢，这也叫赵钱孙李，各有所喜吧。"

她说着笑了起来。

在她的爱情与事业的天平上，无法等量齐观，也许所蕴含的正是这个特级女航空员的特殊品格。

6

女航空员多数都是等到二十七八岁成了老姑娘，才开始"编队飞行"。艰苦的飞行生活，流逝了的美好时光，悄悄地在她们的额头和脸庞留下了清晰的印迹。当她们刚刚品尝到爱的果实，却一下发觉自己似乎已经苍老了。而当她们一旦有了身孕，连撒撒娇，让丈夫买一捧酸果咀嚼的机会都难得。

后悔吗？不。她们失去了许多爱，她们也得到了许多爱；尽管得到的爱，需要付出更大的爱做代价。

她，张文秀，身材修长，像名字一样文静、俊秀，说起话来也是轻声细语的。可是当我们翻开她的飞行履历，便看出了她是一位成绩卓然的女航空员：科研试飞、人工降雨、海上磁测、空中救护、森林防火……哪里有艰巨的任务，她的倩影就会出现在哪里。

不过，在爱情行列中，她却是一个姗姗来迟的人。结婚三年，年近三十，她还没有要孩子。婆婆多次来信暗示：自己的身体越来越不济，真想趁胳膊腿还能动带带孙儿；文秀是不是有啥毛病，看看医生吧；女人家岁数大，难产哩。每次读到这样的信，她都觉得对不住老人家。

有时候，张文秀的心中会倏然间生发出一种隐痛和神秘的渴望。她有健康年轻的躯体，不仅渴望做一个充满柔情的妻子，还渴望做一个充满爱心的妈妈。是的，和自己年龄相仿的在地方工作的同学，有的早已做了妈妈。她们把孩子抱在温暖的怀里，用胸脯上两股生命的甘泉，哺育着从自己体内分离出来的新生命，这是多么惬意，这是一种多么诱人的幸福。那样才是真正的女人，是做一个女人和做一个妻子、母亲特有的幸福和权利。但是，她也害怕过早地做妈妈，牵扯精力，影响事业的发展，才约束着自己。可也不能永远不要孩子呀。为此，她常苦思着。

这几天，不知为什么，吃饭吐，喝水吐，不吃不喝也要吐。她周身不适，难受极了。经验丰富的老大姐见她脸色蜡黄，问道："文秀，有喜了吧？"

她脸一红："两个月没来……大姐，可要给我保密呀。"

"三十得子，喜事，保啥密嘛。"

4月初，张文秀奉命要带领机组飞赴宁夏，进行人工降雨。此时，她已怀孕四个多月。

丈夫素来豁达，这回却面有难色。劝阻吧，拖了妻子的后腿，不应该；支持吧，倘若有个闪失，自己失望，妻子也痛苦。他左右为难。

婆婆听说了，火冒三丈："莫逞能，我不依！"

那几天，张文秀一边好生照料婆婆，以情感化，一边做丈夫工作，串通一气说服了老人。

临行时，婆婆轻轻理着文秀的头发，眼泪汪汪地叮嘱："秀儿，悠着点。"

这天，银川上空出现了浓积云，这是降雨的绝妙时机。但是，浓积云，空气对流强，有时竟似两列相对而驰的火车在瞬间所产生的气浪那么迅疾，飞机上下剧烈颠簸，这对张文秀的身体损害会是很大的。通常情况下，这种天气也是飞行的绝对禁区。

人们仰望天空求雨，望眼欲穿。水，自然界的生命之源。一想到这些，张文秀便把自己和一个小生命的安危置之度外，毅然起飞，接近云区，捕捉时机，实施降雨。

强大的气流，时而将飞机掀起，时而将飞机抛下，整个飞机犹若漂游在汹涌大海中的一叶小舟。张文秀被颠簸得五脏六腑直往上翻，肚子也隐隐作痛。一个念头出现了：流产！又一个念头产生了：降雨！她果敢地操纵飞机，忽而平飞，忽而爬高穿云，撒了催化剂，出色地完成降雨任务。

可是，终因强烈颠簸，劳累过度，她觉得身体极度不适，险些造成流产……

母 亲 篇

7

随着时光的延续，许多姑娘成了母亲，有了心爱的儿女。在人们的眼睛里，女航空员的儿女还不像掉进了金窝银窝里？况且，在我国千千万万的家庭中，独生子女被视若掌上明珠、心肝宝贝，饭来张口，衣来伸手。难怪时下人们常叹道：独生子女是父母的"小太阳"，中国的"小皇帝"。

然而，不然。

"培培，吃饭。"张景荣端着一碗香喷喷的鸡蛋面条，弯腰对女儿柔声地说，"你最喜欢吃的。"

不理睬，培培只顾和布娃娃戏耍。

"好女儿，你跟妈说，为什么不吃饭呀？"

半天，培培喃喃地回答："我，我要回家。"

张景荣一愣："孩子，这里就是你的家啊。"

"不嘛！我家有姥姥，姥姥哄我睡觉，给我讲好多好多的故事。"

张景荣伸手将女儿搂在怀里，泪水在眼眶里打转："培培，咱家有妈妈呀，妈妈这就给你讲故事，好吗？"

"不听，不听！"培培把布娃娃贴在脸上，脑袋摇得像拨浪鼓似的，"你又要给我讲云彩啦、飞机啦。我要回家找姥姥、找妈妈。"

"妈妈就是我呀！"

"不是的，不是的！我妈妈在姥姥家的墙上哩。"培培抬起头，两眼习惯性地在屋子四周的墙上找寻着。

"住口！这就是咱们的家！我就是你妈妈！"张景荣情不自禁地吼了起来，声音哽咽、颤抖着。

这一声吼，吓得培培半天说不出话，眨巴着两只黑豆似的眼睛，半晌"哇"的一声哭了："我再不回家了，我听话，在你家，就在你家，你就是我真妈妈。"

母女相见不相识，还有什么能比这更使年轻的母亲柔肠寸断呢。

产假刚满，张景荣就匆匆地返回部队，参加飞行。出生不久的培培留在了山东黄县老家，从此，姥姥每天用牛奶为她充饥。开始，培培不吃，饿极了，她才哭一阵吮几口，哭一阵吮几口，小小生命一来到人间，便受冷受热，忍饥挨饿，嗷嗷待哺。而张景荣在部队常被充盈的奶水鼓胀得疼痛难忍，就关起门，把奶一滴一滴地挤进茶杯里，她望着杯中带着自己体温、飘溢着淡淡香味的奶水，蓦地思念起千里之外的女儿，眼泪簌簌而落。有时在执行任务中，被奶胀得没办法，就在座舱里用手轻轻地按摩，让它细细地流淌，湿了衣衫，疼了心头。蓝天上，不但洒下了一个女航空员的汗水，还洒下了一个年轻母亲的乳汁。

无奈，张景荣从里屋拿出一件早已准备好的礼物送给女儿，一个吹塑的圣诞老人。

培培一见，就喜欢上了这位白胡子老爷爷，高兴地问个不停："妈妈，老爷爷背着大口袋干啥呀？"

"圣诞节的时候，老爷爷就把大口袋里的礼物都拿出来，送给听妈妈话的好孩子，懂吗？"

"懂。"

"你听妈妈的话吗？"

"听。"

培培拿来一把水果刀捅破大口袋，里面空空的。她失望了，哭出了声："妈妈骗人！你不是我的好妈妈！"

人心即使是用钢铁做成，现在也会断裂的。张景荣没有哭，不，她哭了，不是流泪，而是流血，她的心里在流血。她回想，这几年，自己差不多已经把飞机当成女儿，朝夕相伴，而给培培的爱太少了，能去责怪她什么呢？

有一天，张景荣陪女儿过家家玩，见她玩得很高兴，就拉着她的手，亲亲热热地问："培培，你说说，你长得像谁？"

83

"像牛。"

"为什么像牛？"

"我是吃牛奶长大的呗。"

张景荣一怔，睁大眼盯着培培，心酸酸的，猛地将女儿紧紧地抱进怀里，顺手解开衣扣，愧疚、疼爱之情一起涌上心头："孩子，这是妈妈的奶，你吃一口吧，吃一口你长得就像妈妈了。"

培培看着妈妈的胸脯，小脸憋得通红，一个劲儿地往后缩："不嘛！妈妈的奶不能吃。"

张景荣脑袋里一阵轰响，两串泪珠终于止不住地流下来，落在女儿的脸颊上，交融在女儿的泪水里。很长时间，她只是温柔地抚摸着女儿红红的脸蛋，说不出一句话来。

8

1982年9月20日上午，华北某地上空。刘晓莲带领机组在执行空运任务。飞机起飞不久，正在七百米的高度上升时，突然受到外来物的猛烈撞击，机组同志来不及弄清是怎么回事，已经被震得昏迷过去。无人驾驶的飞机在疾速下坠。

很快，刘晓莲从昏迷中醒来。她不顾重伤剧痛，一跃而起，抓住驾驶杆，拼命把受了重伤的飞机拉起来。为了所有乘员和国家数百万元财产的安全，她不惜牺牲自己，控制飞机，艰难地寻找机场降落。

长空拼搏五分钟，终于迫降成功。这是辉煌的五分钟，空军党委授予他们"忠于职守勇于献身保证安全的模范机组"称号。刘晓莲荣立一等功，并被选为第六届全国人大代表、第五次全国妇女代表大会执行委员、全国"三八"红旗手，参加了解放军英模报告团。这一壮举，早已闻名于世。提起刘晓莲的名字，人们都知道她是一位勇于献身的英雄，却很少想到她也是一个充满柔情的母亲。

刘晓莲唯一的女儿飞飞，刚出生就留在上海，交给年迈的婆婆照管。她产假休完就只身千里，急急地赶回部队执行飞行任务。

母女一别，整整三年。

世界上最伟大的爱，是母爱；能够专心去爱儿女的，只有母亲才做得到。多少个夜晚，刘晓莲捧着飞飞的照片入眠，又喊着飞飞的名字从梦境中醒来。

一天，刘晓莲和丈夫从幼儿园门前路过，看到许多年轻的母亲抱着、牵着孩子，一路逗笑，顿时动了思女之心，两腿发软，呆呆地站在路边，眼泪啪嗒啪嗒往下掉。

"咱把飞飞接来吧，放幼儿园里，一星期接回家一次，也好培养培养你们母女感情。"丈夫在一边宽慰道。

她凄然一笑。

飞飞一到部队，见妈妈叫"阿姨"，见爸爸称"阿叔"。三个月过去了，当她刚能分清妈妈和阿姨、爸爸和阿叔的时候，刘晓莲和丈夫同时领受了参加华北军事大演习的任务。一去将是几个月，飞飞怎么办？夫妻俩一合计，只好把飞飞送到北京的姥姥身边。母女刚刚厮混熟，又要分开，刘晓莲实在舍不得，可又不能带着女儿去飞行啊。

没过多久，姥姥生病住院，飞飞又成了无人照看的孩子，只好被再次送往上海，交给了奶奶。直到上学的年龄，飞飞才被送到北京。小小年纪，就已经开始了南征北战。当时，刘晓莲正在北京，刚参加完全国妇女代表大会。飞飞拉住她的手，央求道：

"妈妈，开学那天你送我去学校吧。"

"哪天开学？"

"后天。"

刘晓莲犯了难：向领导请个假，亲自送女儿上学，这是做母亲的责任，对孩子当然是莫大的安慰。可部队眼下飞行任务繁重，难道为送女儿上学校，要在北京等上两天吗？倘若拒绝了女儿的要求，在她幼小的心灵上会有多么大的灼伤。一夜间，背着书包蹦蹦跳跳上学的女儿，在蓝天上翱翔的银燕，交替在她脑海里出现……最终，她还是付出了沉重的感情代价，毅然乘上南下的列车，返回部队。她将自己的爱全都装在飞飞鲜艳的花书包里，让女儿那柔嫩的双肩背走了。

开学那天，飞飞两眼哭得像红桃子。从这一天起，她发誓不再想妈妈。刘晓莲越想越觉得对不住女儿，一封接一封地写信向女儿"赔罪"。心灵上的创伤是难以愈合的，不知过了多久，飞飞终于给刘晓莲歪歪扭扭地写来了回信："妈妈，我恨你！……"

有一次，刘晓莲到杭州疗养。不几天收到婆婆的来信，告诉她飞飞到了上海。飞飞还特地在信中添了一句:"妈妈,我想你!"刘晓莲吻着信,就像吻着女儿热热的嘴唇,红红的小脸蛋。"女儿不恨我了!"她情不自禁地在屋子里转起了圈儿。

在这种情绪的驱动下,她突然萌生了回上海看看女儿的念头,而且这种念头越来越强烈,使她吃不下饭,睡不好觉,人在西子湖畔,心却飞到了黄浦江边。她想立即给部队领导拍个电报,就说婆婆病重,要求回家看看。不,那不就是说谎吗?说谎,就不该当军人。她感觉到脸上一阵阵发烧。对,就说回家看望女儿。可是,当时有规定,疗养期间不准请假回家,再说以前老大姐们也没哪个这样做呀。干吗自己要带这种头,影响多不好。"我恨你!""我想你!"女儿的话是滚烫的,像两只小手在揪她的心。

有一天晚上,刘晓莲和疗养员们一起收看电视《这里的黎明静悄悄》,看着看着,她便悄悄地离开了。

第二天,她出现在上海的家中,和心爱的女儿共享天伦之乐……

她虽是一个英雄,但她也是一个母亲。她有能够战胜一切艰险的英雄气概,也有不能战胜某些弱点的母亲情怀。

祖 母 篇

9

女航空员和人民空军一起成长,同伟大祖国一起前进,她们是中华女儿的精英。她们的志气、胆魄、智慧、爱情乃至生命，都在万里长空凝聚、爆发。

但是，飞行恰似一个人的生命，有开端就有终结。

菜地里，武秀梅脸上泛着红光，躬身劳作，仍不失当年驰骋蓝天的英姿，只是手上握的不是驾驶杆，而是锄柄。

有一天，她从机场飞行完回家，路上迎面走来几个背书包上学的小姑娘，亲热地向她叫道："奶奶好！"她嘴上回答："真乖。"心里却猛地一怔：怎么，我成了"奶奶"了？这可是头一回听人这么称呼自己呀。

刚走进家门，她放下飞行图囊，就忙照镜子，果然看到一张苍老的面孔，心里不由"咯噔"一下。今天的黑夜来得特别早。

不久，领导告诉她，上级已经批准她停飞。她一下瘫坐在沙发上，真后悔昨天飞行时，为什么不要求多飞几个起落，哪怕一个也好，向蓝天告别。她翻箱倒柜，找出相册，面对一幅珍藏多年的照片落泪……

三十五年前，披红挂绿的汽车载着她离开了古城开封，离开了养育她十九年的热土。她哭了。她觉得对不住慈祥的母亲和善良的父亲。直到上车前，她才像个负罪的孩子，嗫嚅着告诉双亲："我当上了女航空员。"

父亲掐灭烟，不住地咳嗽。

母亲手中的针线落地，泪如泉涌。

她看着体弱多病的爹，又瞅着为操持这个家而累得容颜憔悴的娘，伸手从娘的针线包里拿出剪刀，"咔嚓"一下，铰了一把美丽的发辫，双手捧着跪在爹娘面前："爹、娘，想女儿了，就看看它吧!"

"去吧。这是你的理想，也是为父的光荣!"爹吧嗒吧嗒地抽，烟火一明一灭。

娘两手抖抖地捧着女儿的一束发丝，柔声地叮嘱："秀梅，家乡有句老话，'土盆不算盆，女人不算人'，到部队上，你要听首长的话，为女人争气，为国家争光。"

武秀梅，终于飞起来了。

历史记下了这个辉煌的日子——1952年"三八"国际妇女节。北京西郊机场，停机线上，六架表演飞机整齐排列，武秀梅和姐妹们站在机群前，严阵以待。

机场花团锦簇，人山人海。首都各界妇女代表、各国驻华使节夫人们，都来庆贺新中国的第一批女航空员"三八"起飞典礼。

人民解放军总司令朱德、全国妇联副主席邓颖超检阅了女航空员们。朱总司令用浓重的川音向她们说："新中国妇女们应继续努力，在共产党和毛主席领导下，争取为祖国伟大的各项建设事业做更大的贡献。"

武秀梅和姐妹们眼睛里闪着光荣的泪花。

太阳冉冉升起，一个多么好的天气。

飞行表演开始。隆隆轰鸣的飞机在人群的欢呼声中，一架接一架，滑向起飞线。武秀梅手握驾驶杆，加油门—抬前轮—离地—掠过长长的跑道，腾空而起，开始了她的历史性航行! ……当飞机通过天安门上空时，看到十里长街聚集的人们挥舞花束向空中致意，她感到多么自豪。

3月24日，武秀梅和参加起飞典礼的姐妹们来到中南海颐年堂。毛泽东主席、刘少奇副主席和周恩来总理站在她们中间，镁光灯闪烁，历史留下了光辉的一页。毛主席微笑着问道："姑娘们成器不成器？"

刘亚楼司令员回答："成器了，都能独立执行飞行任务了。"

接着，周总理介绍说："她们很有志气，3月8日起飞典礼，全是自己操纵的。她们学得快，飞得好。"

毛主席点点头，风趣地用家乡话夸奖她们："细妹子不简单，飞得好高哟！"

回首往事，从豆蔻年华的少女，到发染秋霜的奶奶，她三十多年来，和第一批女航空员们叱咤风云，成为新中国的开天女杰。生命的长河正在流淌，而飞行的生涯已经终止，从天空结结实实落在了地上。

停飞后，闲在家里无事可做，闷得慌，她就在家门前翻了一块荒地，种种菜，消磨时光。一畦菜地，似乎成了武秀梅的精神寄托。

见面时，她搓着沾满泥巴的双手笑了，笑中带有几分凄楚。说起别的事情，她谈笑风生，一说到飞行的事，她就眼圈红红，泪流不止。

几十年来，她都是沿着一条标定的航线正常运转着，猛地停下了，精神上实在支撑不住。她烦躁不安，整天在家里，叮叮当当摔东西，无端地对孩子和老伴儿发脾气；出门买菜常不带钱，买了菜又忘拿回家，要不就一个人站在什么地方直发呆，总像有想不完的心事。

有时，她看到年轻的女航空员穿着飞行服精神抖擞上机场，内心不仅觉得失落、爱慕、向往，还深藏一种嫉妒感："毛丫头，瞧你们神气的！当年……"一想起当年，她的心中又涌起阵阵惆怅。

一天晚上，武秀梅在台灯下读报纸。不知不觉，她捧着报纸小声咳嗽。女儿小莉一惊，忙走到身旁问："妈，您这是怎么了？"

"妈才五十二岁呀……"

"您病了？"

"胡说！妈身体比你壮。"武秀梅指着报纸，"你看，美国女飞行家埃德娜，今年都八十二岁了，从1928年起，飞行三万多小时，驾驶过五十八种型号的飞机，在1984年美国的一次飞行比赛中，她八十高龄还得了七个项目中的四项冠军。比比人家，妈飞了几十年还是没成器啊！"

只要一提飞行，她就十分伤感。

小莉摇着她的肩头嗔怪道："妈，您可真是的！钻那牛角尖干吗呀？"

"小孩子家，你懂什么！"

平时，同事们见她这样，好生奇怪，说她怎么变得神道道的。

她实在忍受不了这种寂寞生活，就和几个同批停飞的老大姐一起给王海司令员写信：

　　……我们现在就当奶奶在家抱孙子享清福还
　　早了些。党和人民培养一个女航空员不容易，为
　　什么不能让我们多飞几年呢？常言道：飞行员是

用黄金堆起来的。过早停飞，个人不觉得啥，国家也觉得可惜呀。飞行是我们的生命，真想毕生为它奋斗啊！……

司令员捧着这封信，犹如捧着一颗火热的心。他亲自给部队打电话说，今后只要条件允许，可以适当延长她们的飞行年限。

如今，一听到天上的飞机声，武秀梅的心就一颤，激起一阵青春的波澜，总有壮志未酬的感觉。但是，当她回想起自己的成长，还是深情地说："我们老了，应该再做一次牺牲：停飞，退下来。后来者不断，通往蓝天的路还长着哩，应该腾出位置，让更多的小鹰飞起来！'落红不是无情物，化作春泥更护花'嘛。每个人迟早都会有今天，我并不后悔所走过的道路。如果人生允许我再做一次选择，我还是要当女航空员！"

武秀梅翕动了几次嘴唇，像有很多话要说，可话到嘴边又打住了。她挽起衣袖走向菜地，去给菜苗浇水、施肥……

10

停飞，张凤云料到会有这么一天，可当这一天真的来临，她又觉得太突然，甚至猝不及防。她走的这条航空之路一头连着大地，一头通向云端，整整三十年啊，美好的年华都在其间逝去，回想起来，不禁潸然泪下。

十八岁那年，张凤云高中毕业，同时接到东北工学院和招飞入伍两张通知书。反复思量，还是选择了航空员。刚到部队时，她思想上有点动摇，怕飞不出来给妇女们丢脸。指导员热忱鼓励："张凤云，你画画不就比别人强吗？因为你喜欢它。只要爱这个事业，有献身精神，相信你一定能干好。上天的路，老大姐已经在前头蹚出来了嘛。"

对呀！她把老大姐的点滴经验记下来，骑车、走路、睡觉，都在想飞行，像是被迷住了。渐渐入了门，渐渐成熟起来，大小任务都能执行了。发射第一颗人造卫星，她冒雨驾机运送监测数据；我国天南地北各个机场，她多次试飞穿云图……

从1956年至今，她飞行四千五百多个小时，光荣地当选为全国五届人大常委，和最高领导人在一起共商国家大事。这是崇高的荣誉，这是莫大的信任。但是，若要让她在荣誉和飞行两者之间选择，她会毫不犹豫地回答："要飞行，因为它是我的生命。"

没过多久，部队领导找她征求意见，准备调她到空军杭州疗养院当副政委。张凤云非常感激领导的悉心安排，那可是个好地方，"上有天堂，下有苏杭"。再说，现在全家人都在杭州，能回到家门口工作，不仅可以同家人团聚，也能在风景秀丽的西湖边找个归宿，颐养天年。这样好的事情，打着灯笼也难找。

可是，考虑再三，她还是婉言谢绝："我的大半生都是和飞机打交道，我不能为找块幽静之地养老，离开我相依为命的机场、飞机和战友们！哪儿我也不去。只要能在部队写写飞行总结，到飞机旁闻闻汽油味，做个默默无闻的人，足矣。"

起初，家里人听说她停飞了，都劝她力争回杭州工作，当组织决定她回杭州时，全家欢天喜地像过年似的。没想到，她执意要留在部队，真不可思议。那几天，家信像雪片似的飞来，对她进行"轮番轰炸"。

女儿的信火药味最浓："妈，你好像从来不喜欢我，是吗？要不回来，我就再也不认你这个妈了，好像飞机就是你的女儿，那好，你去跟飞机过一辈子好啦！妈，你要三思而行！"像在下最后通牒。

丈夫来信说："你飞行我全心全意支持，不飞了，理当回家跟我这个老头子编编队了，年轻夫妻年老伴儿嘛。你我二人今生今世不能老像孤雁似的飞来飞去啊……"有深情也有怨艾。

年已八十的老母亲也被请出了山："凤云儿，娘扳指头一算，你也是小五十的人啦，怎还像个孩子由着性子来？三十年你没跟娘说上几句话，娘没怪罪。你上天那阵，刮风下雨娘都提着心过日子。不飞才好呢，回家来娘也有个搭话的人。"母亲的爱不应该补偿吗？

她含泪读来信，又含泪写回信："知我心者莫过于我的亲人们哪。理解和支持比什么都重要，望体谅我的苦衷……"

她终于放弃了舒适的环境，留在了沸腾的军营。

早晨，她跑步去机场，围着飞机转一圈；飞行日，她在停机坪东走走，西看看；平时地面准备，她也和大家一道参加。几十年来，她已习惯于这种生活，纵然停飞了，也不能改变。

慢慢地，张凤云不安分了，她希望担任飞行指挥员：
"我是全天候飞行员，也是四种气象指挥员，有一分余热就
多让我发一分光吧。"

"得寸进尺，真拿你这老太婆没办法。"领导默许了。
这一天，女航空员飞编队，由张凤云指挥。她特地换上一
身崭新的军装，踏着晨光来到机场。

塔台上。张凤云满面春风，手里紧握话筒，眼观六路，
耳听八方，指挥若定：

"01，可以起飞！

"02，开车！

"03……"

银燕腾空而起，一架接一架，编成长长的队形，飞上
了蓝天，威武壮观。此刻，她想到自己虽然不能再飞上天
了，但能亲手将年轻的女航空员一个一个送上蓝天，又一
个一个接回大地，甘当她们成长的梯子，不也是自己的理
想和幸福吗？

小小塔台，又成了她的一片蓝天。

张凤云遥望远天的机群在霞光的辉映中，像一颗颗闪
亮的小星，组成了星系，巡弋在祖国的领空。这，分明是
一条女人的星系……

（原载《中国空军》1987 年 2 期、

《女子文学》1987 年 9 期、

《萌芽》1988 年 2 期）

夜 之 鹰

　　春节刚过，2月27日凌晨2点，46次特别快车喷吐着气浪，从衢州开出，轰轰隆隆地向北京飞驰而去。软卧车厢里，张群治斜倚在被褥上，两眼眺望车窗外匆匆而逝的闪烁的街灯、忽隐忽现的建筑群、路边起伏的丘陵和空旷无垠的原野……那双鹰一般明亮的眼睛，不是在欣赏江南夜晚的景致，而是在捕捉地标、地物，这是他在近二十年飞行生涯中养成的职业习惯。远处的天幕上稀疏地缀着几颗荧荧的寒星，张群治毫无倦意，想到这次赴京的重任，反而愈发地精神抖擞……

夜色浓重，数百名美国海军陆战队员，在一架架武装直升机的掩护下，向诺列加将军领导的国家巴拿马展开了闪电般的袭击……

黎明时分，沉睡中的利比亚首都突然响起刺耳的防空警报，随之传来隆隆爆炸声，总统卡扎菲官邸，遭到美国空军隐形轰炸机猛烈轰炸……

战争是局部的，规模也不算大，但它毕竟向各国军界发出了一个红色警示：空军要发展，空军夜间作战能力要加强。

于是，最高统帅部的一道命令飞向空军：成立夜间截击团。这是 1989 年 9 月，一个金风送爽的时节。

张群治，南空某团的飞行副团长，受命为改装夜间截击团团长，时年三十四岁。起步的艰难，可以想见。全团几十名飞行员，大半数的人很少飞过夜航；能在夜间搜寻目标而适应夜训的甲飞机只有几架，部队所在机场扩建，无法使用，只能转至赣北某机场与兄弟飞行团穿插训练。这就是说，夜间改装训练必须有的教员、教材、飞机、场道，全部短缺，困难重重。

这是历史给予的机遇。

这是军队建设的大计。

这是军人崇高的荣誉。

此时的张群治，不但习惯于清晨观看天气，也习惯于夜阑人静时遥望星空。寥廓天穹，星光灿烂，仿佛蕴藏着无穷奥秘。想到自己和所带领的团队，今后将与星月为伍，想到空军发展的未来远景，他越发感到这莫测夜空里有无限的诱惑力。

困境中奋飞，那才是真正的鹰。张群治深知"人心齐泰山移"的道理，他同担任"领头雁"的党委"一班人"三次召开"诸葛会"，就面临的任务和困难，各抒己见，献计献策，逐渐形成了共识：在这除旧布新的年代，坐享其

97

成，守住原来的小摊子，已经没有任何出路，军人的使命是什么？逢山开路，遇水搭桥，只有进攻，不可待毙！必由之路是：坚定信念，有所作为，积极进取，迎接挑战！并且在全团叫响"奋斗三年，争创一流夜航团"的口号。

"领头雁"的意志，变成全团人的决心：地上的路都是靠人走出来的，天上的路同样靠人走！虽然装备落后，但灵活多变的训练手段，可以使它产生最佳的训练效能。这是什么？是军心，是烈火般燃烧的军心，有了它就是希望，就能够所向披靡！张群治感到了一种从未有过的惬意。

夜航截击团的大部分训练课目，都需要装有雷达的甲飞机完成，而当时恰恰又是甲飞机少，丙飞机多。假如只用甲飞机训练，那么全团的改装进度将会严重受挫。这时候，有人提出：能不能甲、丙混飞？

张群治两眼一亮：一个很有意思的设想！这是群众智慧的火花，张群治抓住了它。很快，他组织了团里几个夜航经验丰富的老飞行员进行专题研究。他们因人施训，凡遇有攻击、截击课目训练，都由老飞行员驾驶丙飞机当目标，新飞行员用甲飞机攻击。一个《挖掘战斗潜力，力求甲丙同训，相互结合》的训练方案正式出台，果然提高了飞机利用率，使截击改装提纲的训练顺利进行。

长空万里，并不是随意驰骋，战鹰翱翔，要受到区域等各种条件的制约。张群治所在团由于和兄弟飞行团穿插训练，驻地飞行空域小，空间位置少，加之场站保障能力受限，每周差不多只能飞上一两个场次，严重影响训练进度。

身为一团之长的张群治，自然为此千思百虑：这点困难都不能解决，还要我这个团长干什么，还要我们这些军人干什么！一天飞行，张群治坐在塔台上指挥。他眼观六路，耳听八方，将一架架飞机送上蓝天，又将一架架飞机接回大地。蓦地，他望着一架起飞后右转弯的飞机，脑子里突然萌发出一个念头：能否改变一下思维定式，让飞机起飞后向左转弯呢？也就是说，将同一预定航线上的一个空域扩展为两个空域使用。

飞行是一门博大精深的科学，科学来不得半点的虚伪和蛮干。这个想法正确与否，需要做出科学论证。张群治一头钻进了书的海洋，一连数月没顾得上回一次家，飞行之余，不是在图书馆，就是在飞行理论研究室，有时翻书查资料，一坐就是深夜一两点钟，全身心地投入到新课题的探索之中。为了夜航，他首先在"飞"求知的"夜航"。一个新方案问世了，取名"双向双层双修正"。《大纲》要求，两批飞机放飞时间间隔不得小于八分钟，新方案采取两架飞机跟进起飞的方法，每架间隔四分钟，起飞后，前一架右转弯，后一架左转弯，为避免空中相撞，一架飞高空，一架飞中空。一架由左向右修正，一架由右向左修正，相互之间不受影响，完全符合《大纲》规定。

可是，由于这个机场自建成使用至今，从来未向左转弯飞行过，许多人面露惊疑之色自属情理之中。有人来到张群治面前相劝："团长，在同一空域里，同时组织两个不同课目的训练，太危险，算了吧。"

"我经过反复计算，只要严密组织，不会出什么问题。"

张群治毕竟是张群治，他似乎稳操胜券。

在师、团党委支持下，经上级批准，张群治亲自驾机，带领一名技术精湛的飞行员首先试飞。战鹰在云海深处翱翔，似乎将尘世间的喧嚣与欢乐、欲望与纷杂一下子全都抛在了九霄云外，顿时感觉是那么的超然。但这绝非世外桃源，他们是在云天探险，在九霄追赶春风，在苍穹开拓新的天地。双机探路归来，圆满成功。

接着，全团按新方案实施。第一个飞行日结束，训练参谋大喜过望地告诉张群治："全天飞行九十二架次，六十九小时十二分钟，比传统方法提高效率一倍多。"

空军高等学府一位从事飞行效率研究的专家，正随同部队做课题研究，在飞行现场目睹了这一切，情不自禁地拉着张群治的手说："这是一个创新，真正的创新！"

傍晚时分，列车在徐州车站加水，许多乘客趁机跳上站台，包围了一辆辆流动食品车，抢购自己所需的饮料、水果、点心等物品。张群治从车窗递出钱，向小贩买了一瓶崂山矿泉水，拧开盖儿，仰脖喝了几口，又捧起单放机，收听体育新闻。广播里正在播放美国芝加哥公牛队的战况，张群治全神贯注，不时击节叫好。躺在对面铺位上的旅客见状，窃窃地乐了。打篮球，踢足球，张群治敢拼敢抢，有时还做点小动作——顶人，往往能够得手得分，好像有一双马拉多纳的"上帝的手"。因此，属下给他起了个诨名，叫"牛队长"。这倒不仅因为他在球场上有牛劲，还缘于他最喜欢公牛队，因为公牛队的队员个个都是好样的，球艺超群，都想当冠军。开车的铃声响了，黑暗中，列车卧龙似的喘了几口气，继续向前飞奔……

大海卷起了狂澜！

盘旋、俯冲、跃升、大速度，一连串动作都在离海面三四百米进行，滔天海浪舔着机翼，犹如蛟龙闹海。东海某基地指挥所，巨大的荧光屏上，显示着海上夜间低空飞行的情景。

夜间，海上低空飞行，漆黑一片。飞临海岸边，渔船的盏盏桅灯若明若暗，隐约可见。在海面上，飞机发动机的声音突然变小，"嘭嘭嘭"令人胆战。海天一色，茫茫一片，星星好像撒落在海面上，飞机进入海空，就像进入无底的深渊，随时都像要被夜色吞噬。无论对飞行员的胆量、气质、技术，都是严峻考验，稍有不慎，就容易产生错觉，造成海天倒置，葬身鱼腹。

年初制订计划时，人们就为张群治捏了一把汗。

"国外老牌飞行员还把海上夜训当难题，咱们夜航团组建才几天？"

"装备老旧，一旦有故障，海上无法迫降呀！"

"过关课目，中高空适应性飞一飞就行了，何必冒那风险！"人们的担心和劝说，张群治记在心头，作为工作的参照点。可从他担任团长的第一天起，就立志带出一支一流的夜航团，他的眼光始终盯着世界王牌空中劲旅，盯着未来的夜间空战，要让自己的团队成为威震夜空的猎鹰。

"我国有万里海疆，身为飞行员没有过硬的海上截击的功夫，战斗力从何谈起？" 1992 年 8 月 12 日夜，张群治带领全团，在东海某空域实施海上低空夜训的计划。当然，这是经过上级训练部门反复研究后批准的计划，一定要做到万无一失。

海上特点研究，气象资料积累，地面航线准备，一切都在有条不紊地进行。

开飞前夜，试飞第一个架次，战将们纷纷请缨。张群治有力地挥挥手："别争了，我是团长，还是我先上！"

夜幕降临，东海海面上风急浪高，张群治的战鹰轻快地滑离跑道，消失在茫茫夜空，他要率先去吃这一只"螃蟹"。编队，航行，截击。海空的夜晚，总是把最惊险和最妩媚糅合在一起，渔火映照海面，星月装点海空，战鹰翱翔，万种风情，犹如一幅壮美的图画！日复一日，一支全天候、全方位、立体型的夜鹰团队在这里得到磨炼，成为响当当的海空"蛟龙"。

夜间飞行，关掉探照灯，无灯着陆，那难那险，绝不亚于高空走钢丝的杂技演员。

"战时情况复杂多变，我们不能依赖灯光。如果机场电源中断，光靠几盏马灯着陆行不行？平时多练一手功夫，战时就少一份牺牲。"张群治就是用这种标准要求自己的部下。他要把夜航团个个都炼成"火眼金睛"。

去年夏天，疗养回部队的张群治，第一个架次飞恢复课目，指挥员为了保证安全，破例为他开灯着陆。半空中，他看到机场灯光一片，马上向指挥员喊话："请求无灯着陆！"如同白昼的机场，顷刻间一片漆黑，张群治熟练地驾着战鹰降落。"哧"的一声，战鹰划破黑夜的沉寂，平稳地通过滑行道。

一架，一架，空中所有飞机，都按张团长的方法依次着陆。

从1991年以来，夜航团坚持全部无灯着陆，优质安全率达百分之百。

张群治和他的夜航团在南空以敢于创新、敢打硬仗而著称，可他总觉得还缺点什么。有个周末的子夜，他突然从梦中惊醒，一个念头触动了他思维的神经，就再也不能入睡了：如果此时敌人来犯怎么办？

凌晨和拂晓是人最疲倦的时候。"出其不意，攻其不备"，《孙子兵法》上这句话给张群治留下了极深的印象。以色列偷袭乌干达，多国部队突袭伊拉克……不都是发生在凌晨和拂晓吗？作为一名夜航团团长，特有的责任感驱使着他苦心思虑，酝酿新的谋略。

张群治的案头，又摆出了一份新的计划——拂晓训练。

凌晨2点，一道指令，飞行员们紧急出动，奔向机场。

一阵夜风掠过，黎明前的黑暗笼罩着机场，跑道上晨雾升腾，能见度只有两公里。

如果是平时，张群治会立即下令，按夜间复杂气象起飞。可今天拂晓飞行，飞行员生活规律被打破，生物钟倒置，人困马乏，大脑反应迟钝。而飞行是高智能运动，脑中储存的上千种数据，哪怕只有点滴失误，都会出现难以想象的后果，真是险夷莫测。能不能起飞？"我上去看看!"张群治要亲自飞上天观察一下云层变化的情况。

一位飞了几十年夜航的将军，这个夜晚却彻夜难眠，他担心复杂天气会使这帮年轻的"空中骑士"驾驭不住拂晓飞行这匹野马，一颗悬着的心总也放不下，电话直接打到了塔台上。

"短时间内，天气不会有大的变化，可以飞行。"张群治从空中返回，坚定地回答。

他知道自己肩上的分量，自从拂晓训练计划被批准后，军区空军把他们列为拂晓训练的"先行官"，要求他们飞出经验，带动全区的夜航。真是天公不作美，第一个回合就遇上了复杂气象，可他相信自己手下的这一群夜鹰们。

半小时后，张群治手握话筒，及时下令，提醒空中飞行员保持状态。

练兵先练胆，练胆先练心。战鹰奋飞，夜空轰鸣，云絮擦着机翼，好似蜂扑蝶拥，夜鹰们为探索对未来空战有用的新经验，他们用自己的忠诚和勇武，迎来了一个个霞光满天的黎明。二十多个拂晓练兵，张群治率领的夜航团，摸索出了一套成功的经验，为全区部队的飞行蹚出了一条新路。

经过了近三十个小时的颠簸，列车缓缓地驶离天津西客站，距终点站北京，还有一个多钟头。眼下虽然是凌晨3点多，旅客们大多已没有了睡意，抽烟的、闲聊的、洗漱的、整理行囊的，显然都流露着经长途跋涉即将到达目的地的快慰。张群治站在车厢走廊上，弯腰，扩胸，活动活动腰肢，然后坐回到卧铺上，顺手拿起枕头下压着的《未来空战》一书，又仔细翻看起来。时光像列车一样飞快。张群治和他的团队锐意进取，三年迈出三大步，提前一年完成改装训练任务，跨入甲类团行列，成了空军一支技术精湛、作风泼辣的"夜空铁拳"。

张群治，这位喝黄河水长大的硬汉子，中原人的坚韧和睿智，在他身上得到了完美的体现。他当过飞行中队长、大队长、团勤务主任、副团长、军区空军飞行训练科长，也在空军领导机关工作过，既有部队工作的实战经验，又耳濡目染了领导机关的通观全局和果断决策，养成了他爱钻研、好探索的习惯。文学、美学、外语、管理、领导科学类的书籍，他都爱读，当然，最爱的还是军事书籍。每每谈起海湾战争中，多国部队夜间突袭的作战样式，制空权在历来空战中的奇特作用，以及伊拉克空军失败的惨痛教训……分析、比较、论证，俨然一个战略家。置身现实，面向未来，张群治始终有一种紧迫感：人生的意义在于开拓进取，能够在国防现代化的改革振兴中搅动起一朵小小的浪花，让它汇入滚滚的大潮中，那也就问心无愧了！

1991 年，空军组织领航知识竞赛。多少个不眠之夜，张群治领着飞行员们查资料，做答卷，结果，他获得个人第三名，团队扛回空军团体第一的奖牌。

然而，最难忘的还是那本他们自己编写的夜航教材。那是在夜航团初创时的训练中，一个难题常常困扰着张群治：在使用的飞行教材中，有关夜航的内容，远不能适应截击部队的需要。新员改装，老员只能凭自己笔记本上记的那点东西讲授。一个大胆的设想在他脑海里萌发：自己动手编一本专门的夜航训练教材！

一星期后，一个由张群治担任组长、"航理尖子"张爱国、"四会教员"王金顺、"开路先锋"王华、"智多星"王涌波等十三名飞行员组成的教材编写组成立。从此，他们就没有了星期天，没有了节假日，经过一个多月的努力，一本三万多字的《歼击×型截击机飞行教材》终于在 1991 年 11 月诞生。从此，夜间截击团结束了没有专门系统的训练教材的历史。教材印发后，空军首长和机关对此书给予很高的评价，兄弟部队索要该书的信函雪片般飞来。一位老将军欣然命笔，挥毫写下四个大字："精兵强将。"是他们，掀开了新的一页！

知识，给张群治插上了理想的翅膀，在未来空战这个大舞台上，他立志率领着自己的团队，演出一幕幕威武雄壮的活剧。为实现这一夙愿，他总觉得原有的知识不够用，尽管贪婪地学习，也有过一些辉煌，他还是感叹"书到用时方恨少"。因而，即使外训或像现在这样出差，他也手不释卷。

乘务员微笑着走进车厢内，见张群治旁若无人，正埋头在《未来空战》中，便悄悄地整理一下卧具，又轻轻地退出去，在门外对迎面走来的乘务组的小姐妹一吐舌头，操着纯正的京腔说："这人真逗，都打了一路的'空战'了，嘻嘻!"

战鹰呼啸着跃上蓝色的天幕，拖着长长的尾迹，盘旋、侧飞、跃升、改平……飞机被操纵得犹如瘦西湖上的一叶小舟。坐在后舱的考官尽管一言不发，但心里开始暗暗佩服张群治的飞行技术。当然，这几个动作可不是关键，他手里还捏着另一张"王牌"——看张群治特技飞行的最大载荷能否小于5.5个。

又是一阵尖啸，战鹰犹如凌空的利箭，猛地跃上高空。机舱内，张群治握着驾驶杆的手没有松。七千五、七千八、八千……高度表指针颤动着。

突然，张群治握杆的手轻柔地一推，跃升的飞机一个倒扣，在空中画了一个"8"字弧，又恢复了原状。一直注视着载荷表的考官，始终未能看到指针越过"5"的标志。漂亮，一篇杰作!

艺高人胆大，这句话用来形容张群治，再恰当不过。

在南空航空兵某师，他的飞行技术有口皆碑。据团里的资料记载，自从改装歼击某型飞机以来，难度最大的仪表课目飞行考核，他全是满分。

这消息被空军机关的一位技术检查主任听到了，今天，他就是来实地考察张群治的，果然不虚此行。

考核取胜，带给张群治的喜悦只是短暂的，在心头萦绕着的却是深深的思索：飞得好，这只是一个飞行员的标准，作为一团之长，你有没有运筹帷幄的指挥艺术？他时常这么拷问自己。

1991 年 3 月 19 日，能见度三公里，云底高三百米，刚刚披上新绿的群山，笼罩在一片薄雾之中，南方难得的一个低气象训练日。

塔台上，担任指挥的张群治不时呼唤空中飞行员的代号，有条不紊地指挥着一架架战鹰起飞、降落。

下午 2 点 15 分，张群治习惯地瞄了一下机场两侧的山峦，那绕山的云似乎在翻滚着朝山的这边涌来。不好，天气要变化，他脑海中掠过一个念头。

老天爷好像故意要考验一下这支部队的天兵们。还没等他指挥完一架飞机降落，远处的浓云竟一团团一片片地向跑道头压过来，一会儿就把整个机场包裹得严严实实。倾盆大雨泼得机场一片浑浊，黯然无光。

空中还有四架飞机准备降落。天气变化虽属意料之中，形势如此严峻却是意料之外。这是本场几十年不遇的特情！

仅仅三分钟，道面上已积起了十多厘米深的水，雨帘挡住了人们的视线，能见度不足一公里，如此恶劣的气象条件，指挥四架飞机着陆，这在平时简直难以想象。刹那间，塔台上的气氛骤然紧张起来，值班首长、参谋、标图员、信号员，几乎全都不约而同地唰地站了起来，雨柱像鞭子一般抽打着每个人的心头。

转向备降场降落？可备降场气象条件也不好，况且飞机油量已不允许。塔台上的空气紧张得像凝固了，凝固得快要爆炸！

怎么办？大家把目光一齐投向了张群治。

张群治脑海中正电闪雷鸣。关键时刻，指挥员需要的是冷静、沉着。他暗暗告诫自己。

他瞄了一眼塔台上一张张焦急的面孔，只轻轻说了声："都坐下。"随即拿起话筒，一副大将风度。此刻，空中四架返场的飞机还在云上飞行，对机场天气骤变茫然无知。这时，耳机里传来了张群治熟悉而果断的声音："注意，机场天气有点变化，能见度两公里，正常着陆没问题，你们严格按仪表操作。"

大雨如注，浓云密布。返场的飞机已飞临机场上空，在塔台上可隐约听到阵阵沉闷的轰鸣声。

"01报告，看不见跑道！"也许是天气的恶劣程度出乎飞行员的意料，语气有点紧张。

"01，严格保持状态，我已经看见你了，按仪表飞行，准备着陆！"张群治镇定自若。

其实，张群治并没有看到飞机，因为连跑道头距塔台不远的那间小屋也在云里雾里。他之所以这么说，首先是相信自己的飞行员的技术，同时也是让飞行员从心理上解除紧张情绪。紧张生出忙乱，而忙乱则是飞行员处理意外特情的大忌。

果然，飞行员坦然多了，他们对团长的指挥是信赖的。飞行员鼓起勇气，严格按平时掌握的参数，徐徐下滑。第一架飞机终于冲破雨帘，随着一声尖厉的呼啸，跑道上腾起一条冲天的白色水龙。

第二架、第三架、第四架，一架接一架在雨幕中鱼贯而下，安全落地。塔台上一片欢呼雀跃！

张群治"背水一战"，果断指挥，使险境中的飞机化险为夷，作为指挥员，这就是胆魄，这就是艺术。若不是亲眼所见，谁能够相信，四架高速歼击机，在电闪雷鸣的瓢泼大雨中，却被他指挥得仿佛在典雅的乐厅演奏华尔兹舞曲，在幽静的林荫道弹唱轻曼的抒情小调，赋予了激动人心的艺术魅力，不愧为大手笔！

那年夏天，部队驻训在长江南岸的一座小城。依山傍水的自然环境，不乏诗情画意，但却给飞行训练带来了意想不到的难点。每到傍晚，四周云层里总不停地划着闪电。一会儿东边雷鸣，一会儿西边电闪，而飞机如果误入雷区，强大的电流会将战鹰撕成碎片。

张群治又在琢磨新的对策：开拓一块冲破气象条件限制的飞行"特区"。

一个飞行之夜，部队刚刚进场，机场四周的云海深处就不时翻滚着隆隆的雷声，远方的闪电像银蛇般在漆黑的天幕上狂舞。张群治驾机看天气回来，就被气象预报员拦住了。

"张团长，今晚的飞行计划要取消，长江北岸的一块雷雨云正向我场移动！"气象预报员的脸色是严肃的，口气也很坚决。

张群治抹了一把额头的汗水，望了望北边的天空，果然，一片乌云夹着闪电正上下滚动。"没事，那片云很薄，而且风向也转了，今晚可以飞！"张群治似乎很轻松。

"不行，这样的气象条件，在我场没有放飞的先例！出了事谁负责？"气象预报员将了张群治一军。

"我负责。"张群治认真回答。

"那，你在气象预报单上签字。"预报员使出了杀手锏。

"好，我签！"作为指挥员的张群治接过预报单，签上了名。随即，一颗绿色信号弹升起，张群治指挥着编队机群跃上夜空。

旋即，那片翻滚的乌云溃退，夜空里一片蓝悠悠的星光挤眉弄眼，显得异常宁静。

闯关，自然包含着风险。张群治不是蛮干，不是在跟谁比大胆，他是凭着对军队训练改革的强烈责任感，对这片空域天候情况的详尽了解，凭着自己的经验、知识和智慧，经过深思熟虑后做出的决策。

为了使夜空猎鹰的翅膀早日硬起来，张群治费尽了心机。驻训机场天候复杂，如果空中有点闪电就停飞，那七、八、九三个月就只有在"地面苦练"而无法"空中精飞"了。作为团长，他有他的胆略，他也有他的智谋，不知多少个夜晚，他站在室外观察山区雷雨的形成和变化。中央和省市电视台的天气预报，他几乎天天收看，时间一长，他的妻子赵萍也养成了一个习惯，不管有多好看的节目，到了天气预报时间，她都会主动把台调过来，陪丈夫一起收看。久而久之，哪些闪电区飞机不能靠近，哪些打雷点只是虚张声势，什么风一刮就会下雨，她都了如指掌。在一个成功的男人背后，都站着一个贤惠的女人。对此，张群治有着特别的感受。赵萍原住在嘉兴市的父母身边，为支持丈夫的飞行，一头扎进了驻地山区的军营，以一个女人柔弱的双肩挑起家庭的重担。每当夜间飞行，赵萍都会为丈夫操心，飞机一响，她就守在屋里等待，一直等到夜航结束才能安下心来睡觉。时间长了，出现了内分泌紊乱，食不甘味，夜不成眠，人越来越瘦，脸色也由白变黄变青，病了！张群治很是内疚。

开辟飞行"特区"，给年轻的夜鹰们创造了大显身手的机会。双机编队，翱翔茫茫夜空；连续截击，夜鹰追星逐月；云中设伏，布下天罗地网……一次次"淬火"，年轻的鹰翅越飞越硬。

1992 年 8 月 19 日，这里正在进行一场近似实战的大机群紧急跨区机动演练。

大地在颤动。上午 9 时 5 分，张群治第一个驾机冲上云天。按照预定航线，十六架飞机编队直扑中原某地上空，长途奔袭，声东击西，待机迎击来犯之"敌"。

当最后一架飞机刚刚着陆，突然接到上级指挥所命令，临时改变航线，飞赴黄海之滨某地待命出击，而着陆机场又是处在气象复杂地区。这是一道意外的难题。全新航线，复杂气象，这对摔打他的团队是一次难得的机会！张群治率先出阵，迎着暮色，飞向遥远的天际。

晚上8时，迎接凯旋机群的机场上却是一片黑暗，两架隐蔽在云海深处的飞机正待机出击。

云中设伏拦截，地面无灯着陆，这又是张群治给他的机群出的难题。

这一天，张群治率领他的编队机群跨越五省市、数千公里，对团队的飞行、机务、雷达、通讯、指挥等，做了一次全面检验。"上不受天时制约，下不受地利制约，中不受人和制约"，古人治军之道，能为者，才称得上真正的军事指挥干才。从他那一身的征尘中，从他那晶莹的汗水里，从他那刚毅的面容上，我们读懂了他的心，看到了新一代天之骄子的长空雄风。

毕竟，最高统帅机关慧眼识英才，张群治立足现有装备、大胆改革、锐意进取的精神，正是我军新时期加强国防现代化建设的生动体现。总政宣传部于1993年9月4日上午，召开了驻京主要新闻单位的新闻发布会，介绍了张群治的动人事迹。不久，首都的新闻媒介掀起了宣传张群治的浪潮。

《解放军报》9月17日载文《夜空铸铁拳——空军某夜航团团长张群治抓训练纪事》；

《人民日报》9月19日发表长篇通讯《夜空"领头雁"——记空军某夜航团团长张群治》；

《中国青年报》9月10日报道《鹰击夜空——记空军某夜航团团长张群治》；

《光明日报》10月12日刊登文章《夜空探路人——记

空军某夜航截击团团长张群治》；

《中国航空报》11 月 4 日同样以《夜空探路人》为题做了介绍；

……

中央电视台、中央人民广播电台，都在黄金时间对张群治的事迹做了突出的宣传，真可谓电视有影，电台有声，报纸有名。"领头雁""探路人"，这是对张群治的赞誉，也是对张群治的期望……

"各位旅客，本次列车的终点站北京到了……"这篇文章到此本应该打住，然而，不然。张群治此行，作为航空兵某师副师长，经组织批准，要到空军指挥学院高级指挥班深造。出了北京站口，钟楼上的大钟清脆地敲响六下，新的一天开始了！张群治神清气爽，急急离开拥挤的人群，转乘汽车向坐落于北京西郊蓝靛厂的空军最高学府疾速而去。当汽车驶向长安街，张群治触景生情，不由得想起两句话来："居安思危""国泰民安"……

（原载《解放军文艺》1994 年 5 期）

瞧这一家子

丈夫：荣鹤杰，现为空军某指挥所特级飞行员，蓝天骄子；

妻子：卫丹，武汉协和医院耳鼻喉科医生，从德国学成归来的留洋医学博士，人人钦羡的"白衣天使"；

儿子：荣强，一个英俊的小伙子，武汉外国语学校的高才生。

一

青年男女，结为伉俪，孕育儿女，完成了人生之旅的一件大事，它是甜蜜生活的开始，也是烦恼痛苦的延续……

剧烈的阵痛，使得卫丹惊恐不安。十月怀胎，一朝分娩，就要做妈妈了，她感到从未有过的幸福和自豪。可是，身为医生的卫丹深知有些年轻孕妇生第一胎时，会有一定的危险。难产？大出血？……可怕的念头闪电般从脑际划过。但愿这样的不幸不会轮到我，她想。

在她的身旁，有几位产妇，正和陪伴着的丈夫喁喁而谈，亲昵地微笑，这使卫丹顿时生发妒意。虽然年迈慈祥的妈妈就在身旁，照料得非常细心，可她的心头还是掠过了一丝凄凉和孤独，豆大的汗珠混合着晶莹的泪水簌簌而落。此刻，她多么思念远方的丈夫，要是他能从天而降，出现在自己身边，那该有多好啊！孩子是他们俩爱情的结晶，有他守候在身边，她会有一种任何人都不能给予的力量，不会害怕。可他毕竟不在啊，她感到从未有过的遗憾。她扭过头，朝窗外望去，那里的天空真高、真蓝。

　　似乎小宝贝也在思念自己的爸爸，拼命地在妈妈的腹内伸胳膊蹬腿儿，痛得卫丹紧紧抓住妈妈的双手，嗷嗷叫喊。

　　妈妈和女儿的心是相通的。"丹儿，打电报，让鹤杰回来一趟吧？"

　　真想，可不能。卫丹望着窗外的那一片蓝天，轻轻地摇着头："妈，他正在飞行，不能分他的心。"

　　曾亲手抚育了四个孩子的妈妈，理解女儿的心情，没有再提这事。可当她看着在痛苦中挣扎的女儿，心都快碎了。

　　意想到的可怕的事情，在意想不到中可怕地发生了。在产房里，婴儿呱呱坠地，卫丹还没有来得及听一听儿子的啼哭，便因大出血昏迷，被送进急救室。

　　也不知道过了多长时间才苏醒，当卫丹艰难地睁开一双迟滞的眼睛，看到高悬的瓶子里殷红的鲜血一滴一滴流进自己极度虚弱的体内，亲朋至友送来鸡蛋、红糖向她道喜，不由一阵心酸，眼泪止不住地涌了出来。

一个月之后，荣鹤杰从部队千里迢迢赶回武汉，看到妻子脸色苍白，身体羸弱，无力地躺在床上，一副病态，深感愧疚，真不能原谅自己。

"对不起你！我……"

"你飞得好吗？是飞夜航吧？"

"是的，好，好。你和孩子好吧？"

"不是都看见了吗？"

当他得知了一切经过，他多希望妻子能在自己的面前痛哭一场，那样他的心里也许会好受些。她偏偏没有哭，却显得很轻松，淡淡地一笑："过来，亲亲你的儿子。"

他弯腰在儿子红红的小脸蛋上亲了亲，又给了妻子一个吻。"哇"的一声，儿子好像很委屈，哭开了，卫丹搂着儿子也哭了。荣鹤杰没有哭，却手足无措地笑了，但他的笑比哭还要难受。

二

十年分居，荣鹤杰和妻子靠鸿雁传书，寄托着深深的眷恋之情。当儿子荣强已经八岁时，他才调回武汉空军某机场工作，结束了长期两地分居的牛郎织女生活。他所在的部队离家只有一个多小时的路程，真可谓当了个"家门口兵"。

全家团聚，喜不自胜。在这个小家庭里，充满了温馨和欢乐。但是，每个人的家庭生活也并不总是那么和谐，矛盾是常有的，关键在于夫妻间的协调。如同两位乐手，高明者善于拨动生活的琴弦，弹奏着一曲曲优美动人的乐章，蹩脚者只能发出不和谐的音律。自幼生长于河北保定地区的荣鹤杰养成了爱吃面食的习惯，而饮江汉之水长大的卫丹却偏爱吃大米。每逢荣鹤杰回家吃饭，卫丹就想方设法给丈夫擀面条、烙油饼，而自己则随随便便吃一点了事。

刚开始，荣鹤杰并没有注意到这是妻子对自己的悉心关照，以为她身体不适，她从生荣强大出血之后，一直贫血。

"病了？"

"没有。"

"那怎么吃这一点点？"

卫丹伸出一只手，用拇指和食指弯成一个"C"形，打趣道："我的胃只长这么一点点大嘛。"

"那就把我的胃割一块给你安上，好不好？"

荣强眨巴着两只黑亮的眼睛，瞅瞅爸爸，又瞅瞅妈妈，乐了："真逗！"

一家三口，笑语满堂。

渐渐地，荣鹤杰每当回家来，都发现妻子变着花样做可口的面食，可她自己却吃得很少。儿子也吃得不多，有时还找妈妈闹着要吃米饭。荣鹤杰恍然大悟，情不自禁地抚摸着儿子毛茸茸的小脑袋，疼爱地、声音颤颤地说："孩子，为了迁就爸爸，你和妈妈吃苦了！"

卫丹在一旁笑道："咱是地上走的，迁就天上飞的，这不越就越高嘛。"

此后，荣鹤杰回家或遇到妻子要上手术时，他都亲自下厨房，淘米做饭，再炒上几碟菜。卫丹吃着香喷喷的饭菜，胸中有感激、有骄傲，有时也嗔怪道："你的身体要紧。飞行是细致活儿，别把精力过多地用在我和强强身上。"

"一家人不说两家话。"荣鹤杰接过妻子的话头，"飞行的活儿是细，你这个耳鼻喉科大夫，给病人做显微镜手术，不也是细致活儿？要是遇到难点儿的，一站就几个钟头，没有好身体，能成吗？"

夫妻之间，生活上的体贴，思想上的沟通，事业上的支持，是通往爱的桥梁，延续爱的纽带。每年天寒季节来临，荣鹤杰的胃部就有些不适。卫丹翻箱倒柜，找出一件旧上衣，特地剪裁缝制一条围腰给丈夫御寒。不过，她在显微镜下能够飞针走线、挥刀自如地做手术，而做起针线活来实在笨拙得要命，小小寸针捏在指间怎么也不听使唤，不是扎破指头鲜血直流，就是歪歪扭扭缝不成行。她缝了拆，拆了缝，一针一线都凝结着对丈夫和对飞行事业的深沉的爱。

幸福家庭，恩爱夫妻，虽有相同的幸福，却有不同的爱的方式。武汉三镇，江帆渔火，湖光山影，春花泛，秋水蓝，那是一对对夫妻和恋人流连徜徉的好地方。但荣鹤杰和妻子既没有花前月下的流连，也没有湖畔绿茵上的徜徉。虽然荣鹤杰回到家门前工作，但部队生活是严格的，飞行部队的生活尤其严格。按规定，每周可以回家一两次，如遇飞行训练或有任务，一次也不能回家，只得割舍和家人的天伦之乐。

身为医生的卫丹，有许多病人排着队等她治疗，还有上学的儿子需要她照料。她总是从医院忙到家中，又从家中忙到医院，她用自己瘦小的身躯，支撑着两片天地，从无怨言。无论多忙多累，她都没有因为家庭琐事给在部队的丈夫打电话求援。她不愿意分丈夫的心，飞行不能分心，她知道。她与他之间，近在咫尺，又远在天涯。有时实在工作太忙，家倒像是个客栈，谁都没空料理，饭菜咸淡，衣着冷暖，也就顾不得那么许多了，但从没有哪一个会为此计较，依然互谅互让，相敬如宾。生活给他们以启迪：没有事业心的爱情是毫无意义的，即使一时热情如火，如胶似漆，那也不可能天长地久，终有一天爱情之花会枯萎凋零。

有一次，小荣强生病住院，正赶上荣鹤杰夜航训练，一个多星期没有回家；卫丹的病人特别多，整天忙得不可开交，也很少去看儿子。一天下班后，卫丹拖着疲惫的双腿走进儿子的病房，进门见他正�’着小嘴抹眼泪，忙问："强强，怎么不高兴？"

半晌，荣强才埋怨道："别人家的孩子，爸爸妈妈天天守着，抱过来亲过去，可我的爸爸总不来，你也只想着给人家看病，不来看我，我也是病人啊……"

"乖孩子，爸爸飞行不能来，是妈妈不好……"卫丹扑到床前，把荣强紧紧抱在怀里，哽咽着说不下去了。

夜航训练结束，荣鹤杰回家后听说了这件事，赶紧带着儿子逛了一次商店，还专门买了一架塑料玩具小飞机送给他，既是父爱，又是歉意，歉意也是一种父爱。

三

当祖国辞旧的钟声即将敲响，万民欢腾迎接 1984 年新春到来之际，第一缕春风已经吹拂到卫丹心田——她作为中国和德国两国间医科大学校际交流第二批进修生，被武汉同济医科大学协和医院选派，即将赴德国杜伊斯堡市深造，学时两年。多么难得的机会，命运之神突然降临，她十分欣喜。

晚上回家，当她把这一喜讯告诉了丈夫和儿子后，荣鹤杰高兴得不亦乐乎，连忙倒了几杯水，以茶代酒，鼓动儿子："强强，来，让我们为你妈妈干一杯！"

卫丹既高兴也担心地说："我一走，你要飞行，强强还小，你的担子就更重了。这个家……"

"想打退堂鼓？你可不能自己动摇军心。"荣鹤杰耐心劝慰妻子，"那十年，我不在你身边，你带着强强是怎么过的？不要门缝里看人，放心去吧。假如飞行员是祖国领空的卫士，医生自然就是病人的卫士，究竟能够说谁比谁更重要呢？谁都重要，没有高超的本领，谁也不重要。"

丈夫的话语中满含着深情，是理解，是支持，卫丹获得了力量，打消了顾虑。这一夜，她做了一个金色的梦。

在一个晴朗的日子里，卫丹告别亲友，乘坐我国一架巨型宽体客机，直上万里蓝天。当她看到轻柔的白云擦翼而过，当她看到祖国大地江山如画，心情格外激动、自豪，默念道："亲人们，我一定不辜负你们的期望。"

就在卫丹走后不到两个月，家中发生了一件意外。她的年逾八十的老父亲，不慎摔了一跤，瘫痪住院。起初，老人还能配合治疗，时间一长，变得狂躁不安，常常逢人就骂，见东西就摔。陪伴在病床前的荣鹤杰也不能幸免。

常言道：久病床前无孝子。可是，从老人住进医院直到逝世，在两年多的时间里，荣鹤杰除了飞行训练和外出执行任务，不论白天黑夜，常常陪伴在老人床前，喂饭喂药，端水倒尿，细心服侍。他这是带着自己和远在异国他乡的妻子对老人的爱，他在付出双倍的爱。就连1984年的除夕之夜，他也是在病房里和老人一起度过的。他觉得家庭好比社会中的一个小细胞，要使每一个小细胞都能健康生长，整个社会才能健康生长，这就要从家庭生活的每一件细微小事做起。

两年的时光里，他在部队是飞行员，工作是出色的；在儿子面前是爸爸和妈妈，在老人面前是女婿、儿子和女儿，阖家相处得很融洽。部队工作和家庭生活两副重担，他都挑了起来，他要让妻子在国外安心学习，他用行动证明：军人，什么时候都像个军人。

四

德国，杜伊斯堡市，位于美丽富饶的莱茵河谷地。它始建于公元8世纪加洛林王朝，一千三百年来，沧海桑田，使这座古城堡发生了巨变，以发展重工业闻名于世，成为德国历史的见证和骄傲。卫丹就在这座历史名城中的安娜医院，专攻传导性耳聋耳显微手术。指导老师是著名专家、安娜医院医疗院长勒维宁教授。两年期限，掌握高超的耳显微镜手术，很难，但她充满了必胜的信心。

可是，学习刚开始，竟给卫丹出了一道生活上的难题。双方签订的合同里规定：每月从助学金中扣除饭堂用餐费两百马克。吃不吃，都得扣。

导师勒维宁也郑重地告诫她："必须在饭堂用餐。"他善意地解释，"自做中餐好吃，但要占用很多时间，而时间对于你是多么宝贵。"导师的用心良苦。

头一餐，她就吃得很痛苦。江汉平原的香米白饭是她的最爱，餐桌上却摆满了奶油、面包、水果，五光十色，很好看，不好闻，更不好吃，不对胃口。卫丹一进饭堂，杯中生奶油味儿直冲鼻腔，顿时引起胃肠反应，直想呕吐。她伸手抓起一个水果扭头跑出饭堂，像躲避一场瘟疫。她胡乱垫垫肚子，又走进实验室。

一日三餐，餐餐如此。几个月过去，她本来就不太好的肠胃，终于承受不住，急性胃炎发作了。她被送进了急诊室，在同事的陪伴下度过了一个难熬的夜晚。

翌日，勒维宁教授知道后，被卫丹的勤奋精神感动，关切地对她说："你还是自己做中国饭吃吧，但时间不可占用太多。"导师拍拍卫丹的头，殷殷叮嘱。

本来，她就是一个惜时如金的人。卫丹努力工作，勤奋学习，从没有在做饭上花更多的时间，做一次可以吃几

123

顿。武汉人吃饭很讲究喝汤，她真想喝一次家乡汤。动手做，第一次，烧焦了，一阵煳味把她从书桌前惊醒；再做，喷得满地皆是；第三次做，因参加一个学术会议，忘了，汽车行至途中忽然想起，她不得不在公用电话亭请求邻居帮忙，拔掉电炉子。接连三次，均告失败，弄得她啼笑皆非，也后怕不已。从那以后，她没敢再做一次汤，还想，但不敢。

生活的学问太难做，她承认自己是个弱者。虽然她不想在生活上用更多时间，但它毕竟需要时间。这时，她想到丈夫，决定写封信，让他来身边陪读，帮助料理生活，这是国家对出国留学人员的政策。

在渴盼之中，她收到了丈夫的一封寄自祖国的信：

……你过去多次参加飞行员体检，你知道，飞行员因种种情况，淘汰率很高。党培养一名可以参加作战的全天候飞行员，要花费多少心血！我已经飞了二十多年，要我一下离开蓝天，还能做什么呢？卫丹，原谅我吧！你一个人在外学习困难很多，但我了解你的性格，相信你会成功……全家都好，问候你！

信中，老人病瘫，只字未提。他清楚卫丹很爱父亲，一旦得知，精神上非但承受不了这样的打击，很可能还会中断学业，要求回国。爱，有时候也需要用痛苦做代价。这一封信，卫丹看后没有感到失望，相反，却成了她刻苦学习的原动力。

看手术，是卫丹的必修课。那高高的手术台，似乎是外国医院的特色。她站着看还矮一截，就搬来凳子垫脚下，一站老半天，常常两脚站肿，一摁一个圆圆的指坑，穿不上鞋。不在乎，有手术，还是看。她懂得，知识的果实，不是轻而易举就能摘取。

有一次，看做听力手术，勒维宁教授随意地问她："这样的手术，你会吗？"

"会。"她不假思索，回答后又有点懊悔：导师会说我不谦虚吧？不，知识对谁都应当是真诚的。

"好，明天我们一起做。"

导师轻松地笑了。

卫丹却紧张得不行，在德国，有个不成文的规定，任何外国人，哪怕是著名专家，也不能直接在该国病人身上开刀动手术。否则，稍有差池，就要承担法律责任。

"没关系。"导师鼓励道。

"争口气！"卫丹心里说。

信任的力量是无穷的。简单的切口手术，动作娴熟，成功了。高难的耳显微镜手术，动作利落，成功了。

"卫丹，你做过这种手术？"导师有些惊诧。

"是的，不止一次，老师。"卫丹回答得很平静。

接着，她面带羞涩，向勒维宁教授介绍：1980 年，她和几位老师组成的听力小组，成功地将完整的听骨链和鼓膜，移植到一名没有一个听骨和耳膜的先天性畸形病人身上，使病人有了听力，这样的手术共成功地做了十五例。

125

后经著名专家姜泗长、张庆松等教授用现代化检测手段鉴定，认为达到国内先进水平，这就是1981年获得中国卫生部颁发的科研甲等奖的"同种异体耳膜和听骨链移置术"。

"没想到！很好，很好！"导师跷起大拇指，由衷地赞叹。

受到真诚的赞誉，需要有真实的才智，特别是在一个有真实才智的人面前。卫丹，以一个东方女性特有的坚强和毅力，仅用九个月的时间，就圆满完成了两年的进修任务。纤纤素女，令人瞠目。她没有辜负亲人们的期望，没有。

在卫丹还未来得及喘息的当儿，已被她的学习精神感动的勒维宁教授，又为她办好了到埃森攻读博士学位的手续。导师是埃森医科大学教授、中德医科大学校际交流基金会总负责人布朗克。卫丹，竟成了校际交流中第一位被允许在著名的埃森医科大学攻读博士学位的中国女性。

博士，是学位，也是知识的同义语。这是卫丹多年来梦寐以求的事情。她想到，我们国家的博士不是太多，而是太少；她甚至想到，作为一名中国军人的妻子，挣个洋博士回国，让世人们看看，"大兵"的家庭结构并不都是那么平庸。为大家，为小家，都要争下这口气。

每天，卫丹要从工作、居住的安娜医院，转坐三趟地铁或公共汽车，用三四个小时赶到埃森医科大学做实验、制标本。寂寞的夏，冷酷的冬，天天奔波于两城之间，她洒下了汗水，她收获着智慧。

为获取撰写博士论文的数据，需要从五十个人脑中制作出一百只耳朵标本。夜阑人静，卫丹总把自己一个人关进摆满尸体的恐怖、阴森的解剖室，在尸体头颅上锯呀、锉呀。高浓度的福尔马林呛得鼻涕眼泪直流，稍有不慎会遭到强酸的烧灼，标本制出后还要注射一种对人体危害极大的新型剧毒液体……她全然不顾！卫丹天生丽质，在医大读书时是学校的文艺活跃分子，能歌善舞，就是胆儿小，有一次在小兔子耳朵上做试验，一刀见血，她差点儿没吓得晕倒。可眼下，居然敢置身于死人堆里，那么大的反差。环境造就着人，环境也改变着人。是的，她用一颗天使般的心，和死人打交道，为活人送去福音，寻觅对生活的期盼。

布朗克教授被感动了，抚摸着她的头说："我的好孩子，害怕吗？以后再来这里，把我也叫来。"

"谢谢，老师！"卫丹的回答是真挚的，"您给了我知识，不怕。"

两年拼搏，精神高度紧张的卫丹真想休息几天，好好放松一下。也真巧，中德校际交流基金会组织中国留学生到柏林观光游览。时间：一周；经费：资助。然而，她放弃了旅游机会。同胞不解："卫丹，不就几天吗？"

卫丹笑笑。要说的话，全都包含在美丽的一笑之中。她要抓紧时间赶制标本、写论文。

不过，有一次，卫丹听说瑞士苏黎世一家大医院要做几例高难手术，征得导师同意，她自费赶去看手术。苏黎世风光旖旎，早以"花园城市"著称于世，而她却无暇游览，就在乘车返回埃森前的两小时，还站在医院的手术台前。

那是 1986 年 11 月 2 日，一个辉煌的时刻！三年来，卫丹用心血和汗水浇灌着智慧的树，今天终于摘到了胜利的果实——两位导师分别在安娜医院和埃森医科大学为她举行了博士帽颁发仪式。她成了杜伊斯堡市的第一名中国女博士。市长克宁士、副市长克林默尔先生分别为她举行了记者招待会和盛大的庆祝宴会，她成了杜伊斯堡市的新闻人物，大小报纸的新闻记者纷纷拍照、撰文，一时间掀起了"中国卫丹女博士热"，她终于名扬海外。

随之而来，三家医疗单位分别派出著名专家当说客，聘请卫丹博士留下工作，待遇自然是丰厚的。在德国，日耳曼民族是高傲的，要想得到人家尊重，首先要自己强大。每一个炎黄子孙都应该高傲地昂起头来，但是，只有当我们的智慧之花在人家的面前开放时，这样的高傲才真正光彩夺目。卫丹是高傲的，她婉言谢绝了邀请："蓝天很高、很大，一眼看不到尽头，可那里有一片属于我的祖国和我的亲人，我不能离开它。"

丹，是红色的，如东方初升的太阳，丹凤也朝阳。

归来吧？归来了！1987 年 1 月 20 日，卫丹回到了阔别三年的武汉。

她拉着丈夫的手："老荣，吃苦了，你也是博士！"

荣鹤杰这位诚实、敦厚的军人，二十多年来，飞行一千六百多个小时，两次到前线圆满完成飞行任务，一次荣立三等功，并在 1986 年妻子拿到博士文凭的同时，被评为特级飞行员。要说博士，不也可称他为飞行博士吗？

她亲吻着儿子："强强，没想到，你的学习成绩这么好，你很有抱负，妈妈盼望你今后也成个博士。"

荣强就读于武汉外国语学校，学习努力，堪称学霸，口语成绩在班上名列前茅。三年前，就有一对美国作家夫妇，专程来到武汉外国语学校访问，经校方推荐，采访了他如何幸福地成长。就连卫丹的导师布朗克教授来访时，也是荣强为他当翻译。他才刚满十七岁，小小年纪，已经崭露头角。谁敢说在这个家庭里，今后不会再出现一位博士呢？

这就是江汉平原上一个空军特级飞行员和留洋博士的家庭。

瞧这一家子！

[原载《妇女》1988年3期、
《人民日报》（海外版）1992年3月14日，
2021年4月22日修改]

阎肃与《江姐》

"阎大腕"

电视观众们或许对《新春乐》《齐天乐》《相聚在龙年》《我爱你中国》《奥林匹克梦》等大型文艺晚会和中央电视台 1990、1991 年春节联欢晚会，还记忆犹新吧？这一台台精彩晚会的艺术指导、撰稿人，就是著名剧作家、空政文工团一级编剧阎肃。

喜爱歌曲的朋友，提起《我爱祖国的蓝天》《中国我可爱的家乡》《今宵月儿圆》《京腔京韵自多情》，大概无人不知吧？这一首首精美歌词的作者，也是阎肃。

对于戏迷来说，《红灯照》《党的女儿》，尤其是歌剧《江姐》，可谓无人不晓吧？这一出出精致剧作的编剧，还是阎肃（其中也有与人合作）。

阎肃的歌，阎肃的戏，阎肃指导的电视文艺晚会，纷纷走进了千家万户。在每个时期，阎肃都有大火大爆的作品问世。

1991 年 6 月 29 日晚，北京西郊，空军机关礼堂内，党中央和中央军委等领导同志观看了空政文工团第四次重排演出的歌剧《江姐》。音乐终止，掌声雷动。首长们走上舞台，同演员亲切握手，并一起照相，高兴地称赞道："演得好，演出非常成功。"此刻，站在首长身边的一位六十多岁的老同志，情不自禁地和演员一起用掌声感激首长的赞扬，他正是《江姐》的编剧阎肃，艺术圈里常称他"阎大腕"。

五名尉官相聚"东来顺"……

东来顺，北京的老字号饭庄。阎肃、羊鸣、金砂、黄寿康、姜春阳，五名尉官，围坐一桌，吃烤鸭，喝茅台。酒过三巡，羊鸣面红耳热，举起杯，碰响，喝尽，说："今天咱哥儿几个吃了《刘四姐》（稿费），不能就这么完了，下回还得再来个什么姐啊，怎么样？"

"我刚看了小说《红岩》，书上有个江姐，可以抽出来写个剧。"阎肃端着酒杯，似饮非饮，微醺的双眼流动着征询的目光。

"主意不错！我也读了《红岩》，"黄寿康手中的筷子在半空里划动着，"江姐看人头，上山，被捕，狱中斗争，那场面一想起来就是戏嘛。"

"干！"异口同声，一拍即合。

酒后，阎肃去了在锦州古塔区防疫站工作的爱人处休假。她每天上班，他每天写戏，顺顺溜溜拿出《江姐》剧本初稿。

虽然只用了十多天时间，但它是阎肃调动三十一年生活积累所得。

那是兵荒马乱的 1930 年 5 月，阎肃在河北保定出生。为躲日本侵略者，全家 1938 年下四川，在重庆遇上大轰炸，片瓦不存，又逃进观音山，在天主教修道院栖身，读小学，上中学。1949 年，阎肃来到了西南工委青年文工团，从此又离开大学，投身革命，参加了土改工作队，剿匪反霸，走川西，到川北，访苏区。在这些日子里，他了解了四川农村的生活，熟悉了四川农村的人物，结交了许许多多的蓝洪顺、杨二嫂，这种收获，是无价之宝。当他一读到《红岩》，就像在读自己的生活，人物、场景，甚至事件，都历历在目，他太熟悉这一切了。细心研读《红岩》，精心抒写《江姐》。

没等假期休完，阎肃就匆匆告别妻子，怀揣《江姐》剧本，回到了文工团。每天，团里的几位主创人员都聚在他的小屋里，读剧本，谈意见，神侃海聊，边议边改。渐渐地，有味了，感人了。横竖一比较，居然觉得当时还没有哪一部歌剧超出了它的水准。

剧本送审。

罗瑞卿大将说："我给你改句词叫作……"

空军领导要求：取材于昨天，立足于今天，放眼于明天，集中力量，精雕细刻，一定要打响，要对观众有教育鼓舞的作用。

上上下下都给《江姐》以充分的肯定，同时提出了更高的要求，也投入了极大的关怀和热情。不少领导同志都亲自为《江姐》出谋划策，提供宝贵的意见，如《绣红旗》中，原有一句唱词"说不出是悲还是喜"，总参谋长罗瑞卿大将看后说："词不够鲜明、肯定，怎么说不出呢？说得出嘛。为表现江姐视死如归的革命乐观主义精神，作者呀，我给你改句词，叫作'与其说是悲不如说是喜'，好不好？"

阎肃很高兴，和演员们鼓掌回答："好，好！"

在《革命到底志如钢》中，伴唱原为"天昏昏哪野茫茫，高山古城也悲伤"。当时的空政副主任王静敏提议将"也"改为"暗"，成了"高山古城暗悲伤"。《五洲人民齐欢笑》一段有"别把这战斗的年月全忘掉"的唱词，也是他提出将"全"改成"轻"，则为"别把这战斗的年月轻忘掉"。仅一两个字的改动，韵味却大不相同，表现力也强得多了。这是一字之师，阎肃深受启发。

身为当时空军司令员的刘亚楼将军对《江姐》的关怀更直接，更具体。有一次，他对阎肃和剧团领导说："我在苏联看歌剧《卡门》《马赛曲》，都有主题歌，给人印象很深。我们的《江姐》也应该有支主题歌，让它贯穿全剧，深化主题，加强效果。"

为写主题歌，阎肃不知道熬了多少个不眠之夜，耗去多少心血。有一天深夜一点多钟，他突然来了灵感，想出两句歌词，感觉挺不错，一骨碌翻身下床，披着衣服，兴冲冲地敲开羊鸣的门。心有灵犀一点通，不用问，羊鸣已经明白了他的来意，这些天大家都在为主题歌呕心沥血。羊鸣颇有些兴奋地问："是不是找到点儿了？"

阎肃把刚才躺床上想到的词念叨了一遍，满以为"有戏"，不料被羊鸣"毙"了。气得他扭头就走，随手把门摔得山响，怒冲冲丢下一句话："也真他妈的难伺候！"

刘亚楼说："不改出来，我不让你回去！"

骂归骂，写归写。在这个创作集体中，任何一个人都有权对作品发表不同意见，写词的可以否定曲，作曲的也能推翻词，哪怕舞台美术、灯光道具、音响效果，概莫能外。这是艺术的民主，也是艺术的追求。阎肃对此自然是清楚的。从羊鸣屋里出来，他披着月光形单影只地在院子里转悠着。在团部门口，有一株西府海棠的枝干在夜风中挺立，他凝视良久，似有所悟，便急急地回到自己的小屋，拧亮台灯，铺开稿纸，开始了又一个通宵的苦斗……

转天，他来到了刘亚楼司令员的办公室。

"司令员，我们已经写了好几首，不知道行不行？"阎肃从衣兜里掏出笔记本念道，"行船长江上，哪怕风和浪，我们齐动桨哟……"

"嗯，这个不行！"没等他继续往下念，刘亚楼便摇摇头，挥手打断，"没有特色，不可能流行，重写！"

"还有一首，"阎肃又摊开本子，往后翻了几页，"红岩上红梅开，千里冰霜脚下踩，三九严寒何所惧，一片丹心向阳开。红梅花儿开，朵朵放光彩……"

134

"歌名叫什么?"刘亚楼急切地问。

"《红梅赞》。"阎肃回答。

"《红梅赞》《红梅赞》……"刘亚楼用手中的红蓝铅笔轻轻敲击着桌子,像在指挥一次战役。思考片刻,倏地站起身,在宽大的写字台前来回踱了几步,又回到座椅上,脸上顿时露出喜悦的神色:"好,主题歌就用《红梅赞》!词不错,再配个好听的曲子,一定要让它在群众中间流传。"

经过二十多次修改,主题歌终于确定。一首《红梅赞》,全剧增辉。

江姐被捕后,叛徒甫志高来到审讯室劝降,原先唱词写得很优美。刘震说:没有劲。刘志坚说:江姐形象显得弱。刘少奇说:有些正不压邪。刘亚楼把阎肃叫到家中,语重心长地指示他必须改好。

"司令员,不是我不改,是改不动啊。"阎肃虽有点紧张,但还是申述道。

"我不管,我要关你禁闭!不改出来,我不让你回去!"刘亚楼说完,拂袖而去。

情急可以生智。面对甫志高"你如今一叶扁舟过大江"的无耻劝降,阎肃让江姐唱出"我看你无耻的奴才如何下场";当沈养斋用"你要三思而行"蛊惑时,阎肃又让江姐高唱"我为共产主义把青春贡献"来回答。

试演时,刘亚楼常常身着便服,坐在观众中间,亲自收听反映。他还诙谐地对剧组说:"你们'二处'(剧中一特务组织)的力量要加强,幕间休息,观众上厕所,你们要派人跟进厕所，在厕所里听到的意见是很真实的；散场后，'二处'也要派人尾随观众乘公共汽车收集反映。"

果然，观众有不少很好的意见被吸收进剧本里。第七场，那个怀抱"监狱之花"的女共产党员就义前没有喊口号，有的观众说这样处理缺乏力量。阎肃认为这个意见很可贵，后来，就在她临刑时增加了高呼"中国共产党万岁!""毛主席万岁!"的口号，这样就更体现了共产党员英勇不屈的精神和气概。

在修改过程中，阎肃还和《江姐》的曲作者羊鸣、姜春阳、金砂以及导演黄寿康一行，多次到四川深入生活，参观渣滓洞，访问华蓥山，重游朝天门，同二十多位曾和江姐一起战斗过的老游击队员交谈，搜集补充了许多鲜为人知的生动素材，为剧本的修改增添了大量鲜活的内容。

前前后后，阎肃用了两年多的时间，集思广益，对剧本做了数十次修改，其中大规模改动有四次。真正是字斟句酌，千锤百炼。

深夜，阎肃被拉进一辆黑色轿车……

1964 年 9 月，《江姐》在北京儿童剧场首演，座无虚席。第三天，周总理和邓颖超同志前来观看，演出中总理有时在椅子扶手上打拍子，有时点头微笑，当看到蒋对章那段戏时，周总理捧腹大笑，邓大姐也笑个不止。10 月 13 日晚，毛主席在周总理陪同下来到人民大会堂三楼小礼堂观看《江姐》。当演到第四场时，毛主席特别高兴，哈哈大笑。演出结束，毛主席、周总理和朱德、董必武、贺龙、陈毅、徐向前、聂荣臻、彭真、杨尚昆、陆定一、罗瑞卿等党和国家领导人登台接见了全体演出人员并合影留念。第二天，毛主席接见了剧团的同志，说："看了你们的歌剧，剧本改得不错嘛!"同年冬，《江姐》准备去南方演出，毛主席再次向团里的有关人员说："我看你们的歌剧打响了，你们可以走遍全国了，到处演出嘛!"

1965年1月23日，周末的一个晚上，阎肃穿着一身旧棉衣，脚套一双老棉鞋，头戴鸭舌帽，围条围巾，独自一人从红旗越剧团看完排练回来。未进家门，就被人拉上了一辆黑色轿车，他不解地问："到哪去呀?"

"中南海。"

"瞧我这打扮，也得让我换身衣服嘛。"

"来不及了!"

下车，进屋，眼前一亮，阎肃这才知道自己站在了毛主席的面前。这时，他一下想到自己只不过是一名普普通通的编剧，却受到了毛主席的亲切接见，这是自己的荣誉，也是《江姐》的荣誉!他抬头望着主席，只见毛主席身材魁梧，面貌慈祥。一个真正的巨人，阎肃心想。毛主席微笑着握住他的手，用浓重的湖南口音夸赞说："《江姐》这个戏写得不错嘛……"

阎肃听不大懂湖南话，只好一个劲儿地点头，因没穿军装，不能敬军礼，他就向主席深深地鞠了一躬。

过了春节，党和国家领导人刘少奇、李先念、叶剑英及郭沫若等相继观看了《江姐》。刘少奇同志称赞《江姐》

137

是一部革命悲剧。叶剑英说："很好！二、三、四场都很好，五场好，六场教育意义大。"李先念说："演得很好嘛！词写得好，三场戏很好。《红梅赞》已成了非常流行的歌曲了，包括我们总理在内，经常唱它。"郭沫若欣然命笔，为《江姐》题诗：

> 江姐天下颂，华蓥分外雄。
> 胡兰惊再世，一曼吐长虹。
> 碧血梅花赋，红旗烈士风。
> 凭教渣滓洞，万古玉玲珑。

阎肃在心里想，以前在重庆看郭老写的戏，今天郭老看自己写的戏，并且还亲笔题诗祝贺，深感厚爱，受宠若惊。

《江姐》一经问世，数百家文艺团体同时移植上演，《江姐》家喻户晓，历演不衰，受到社会各界和军内外观众的普遍赞誉，其中《红梅赞》等主要唱段风靡全国，已在群众中广泛传唱。1992 年"八一"前夕，为庆祝建军六十五周年，在空军党委的直接关怀下，空政文工团第五次复排《江姐》，并且根据空政领导的意见，对剧本精益求精，又做了删改，使其日臻完美。梅开五度，演出时，依然场场爆满，盛况空前。

说不完的阎肃，道不尽的《江姐》。在中国的戏剧舞台上，阎肃与《江姐》，魅力永存！

（原载《作家报》1992 年 11 月 28 日）

舞动的彩塑

在成名的道路上，流的不是汗水而是血；它们的名字不是用笔而是用生命写成的。

——居里夫人

一

场灯渐暗，紫绒帷幕徐徐拉开，两千多双眼睛一齐投向前去。在舞台灯光的辉映下，他们都是什么表情呢？他们不是普通的观众，而是参加全国独舞、双人舞、三人舞比赛的群英。同行们的眼光有时是很挑剔的，今天大概也不会例外。

淡绿色的柔弱的灯光，委婉动人的古曲旋律。在这样一种美妙的诗一般的意境中，她从千年的安详静卧中苏醒，向着向往已久的人间，展臂起舞着走来了。她多么像佛祖释迦牟尼的弟子阿难的容貌，多么像普度众生的观音菩萨的神态，都像又都不是，她却是敦煌艺术宝库中一个彩塑的神女形象。要不，怎么叫《敦煌彩塑》哩！

给神女注入生命活力的是谁？有的观众正凭借舞台的灯影翻看着精美的节目单，哦，是她——空军歌舞团青年演员杨华。

舞台上，有着抒情诗般优美动人舞姿的姑娘，舞台下，却有着近于痛苦的磨砺呢——

在学员队，老师爱用期待的目光打量着杨华，她那修长的身材，往哪儿一站，都使人联想起那飘逸的勿忘我花朵。柔嫩白净的脸颊，清澈明亮的眼睛，总好像在幻想着什么、寻觅着什么。天赋条件好，可塑性很强，需要的是扎扎实实的基本功。于是，老师开始了对她的启蒙教育："舞蹈是在有限的舞台空间里，通过演员的形体动作、舞蹈塑形、变化无穷的舞姿等手段，表达出人物的思想感情，从而感染观众，这就需要有过硬的艺术功力才能达到。"

于是，练功房里，那光洁的把杆，明亮的大长镜，绿色的地毯，单调而又无休止的琴声……都成了杨华最好的伙伴。琴声响了，她举手，投足，腾跳，旋转……

跳，不停地跳。在她的脚下，也像有英国芭蕾舞电影《红菱艳》中维多利亚·蓓姬穿的那样一双"魔鞋"，走到哪儿跳到哪儿。她有了长足的进步，老师常常在同学们的面前表扬她。而这又变成一种无形的力量，反过来推动着她跳，拼命地跳！有时刚撂下饭碗就去跳，科学的方法不顾了。倒胃、恶心，她终于得了神经性呕吐，还是一边治疗一边跳。她才不在乎呢。

那是1973年，杨华年方十四。她起早贪黑地跳呀，旋呀！渐渐地，她跳没劲，旋无力，四肢瘫软，见油想吐。

奇怪，这是怎么啦？

"杨华，你的脸色蜡黄，看看医生吧！"老师十分关切地催促道。她还在犹豫、恐慌，却被老师和同学们推推搡搡拥进了卫生所。

诊断结果，急性黄疸肝炎。她被立即隔离，住进了传染病房。

杨华意识到艺术生命可能到此结束了，于是陷入了极大的痛苦之中。啊，不！多少个日日夜夜的追求，怎么能离开它呢！

杨华仰卧在病床上，用嘴巴轻声哼着伴奏，用心灵在"跳动"，在"旋转"。她是多么迷恋艺术事业啊！

同室的病友吃惊不小，有一回竟悄声对查房的医生说："这个小杨华，天天在床上念念有词，比比画画，该不是着了魔吧？"

杨华听了暗自发笑。

这一天，她对着小镜子一看，差点儿没哭出声来。镜子里的一张脸快变成圆的啦——发胖了。发胖，是一个舞蹈演员致命的弱点。杨华惶恐不安：不准练功，再这样躺着，转氨酶也许下去了，身体恢复得快了，可我的艺术生命就给毁了。"不，我要艺术生命！"她情不自禁地嚷道，又一次哭了。

"哭有什么用呢？要想得到光明，今后靠自己努力吧，小华。"在她刚刚懂点事儿时，姐姐就这么告诫她了。

那时的小杨华，每每听了姐姐的话，总是扑闪着两只水灵灵的大眼睛，似懂非懂地"嗯嗯"点着头，两个"羊犄角"也随着摇动起来。

渐渐地,她听说了,爸爸是个"日本特务",而且爸爸、妈妈为此准备离婚。离婚是什么呢?她说不清楚。可她看到邻居家的孩子,父母亲离了婚,有的跟着爸爸,有的跟着妈妈,夜晚,喊妈的,要爸的,那哭叫声有多惨哪!那我去跟谁生活呢?妈妈,还是爸爸?姐姐又怎么办?爸爸那么好,怎么会是"特务"?"特务"是什么样的呢?她去问姐姐。

姐姐阴郁的脸上挂着晶莹的泪珠,凄楚地回答:"是坏人。"

坏人!爸爸是坏人?哪能呢?瞬间,泪从她的心里流了出来。天哪!天底下能容得下那么多的家庭,为什么就不能有自己家的一方立足之地呢?生活的阴影过早地投向了她。

命运多舛,她不低头。在那样的年月里,人们能用什么向她施舍呢?除了多数给她以同情和怜悯外,也有少数人在背后叽叽喳喳地议论和投以白眼。

有一天,姐姐突然像瞅着一个陌生人那样瞅着妹妹:"小华,学跳舞吧。"

"我行吗?"杨华喜形于色,双臂勾住姐姐的脖子,撒娇地问,"蹦蹦跳跳,挺好玩呢。"

"行!"姐姐仰望天空的流云,想得更远了,进一步开导她,"好妹妹,不是为了好玩,是寻找一条生活的路哇!我看,你的体形就像个跳舞的,将来没准能成个舞蹈家哩。"

她有些惆怅。在她幼小的心灵中就知道有个跳"白天鹅"的舞蹈家白淑湘，在"天翻地覆"的年月里，吃过许多苦，有人要折断"天鹅"的翅膀，不准她再演戏了。但她为了艺术，白天坐"喷气式"，晚上仍然偷偷练功，从不间断。想到这儿，她仿佛看到一只带伤的白天鹅翱翔天空，她也想学那只白天鹅。于是她挺不好意思地盯着姐姐的脸，咯咯地笑了。她从没有想过要当舞蹈家，现在却真的做起了金色的梦。可是，她又犯愁了：到哪儿去学呢？谁敢教我呢？

　　从那以后，父亲、母亲和姐姐都发现杨华变了，不大喜欢到人多的地方去玩，也不知道她从哪儿搜罗来几本破旧不堪的画报，喊来邻居的一个小女友，等大人不在家时把门一关，一起看着画报上的剧照，舒臂、踢腿，没完没了地跳着、比画着。有一回被妈妈撞见了，嗔怒地斥责她："这孩子，真有点儿神神道道！"说完，看着女儿满头大汗，又心疼得泪水盈盈，心想：真是个懂事、要强的孩子啊！可是，做妈的给了她什么呢？……

　　离她家不远处，是一个机关的住宅院，这里有台公用的黑白电视机，每天晚上都开放。在那文艺萧条的日子里，能够看看重复了不知多少遍的文艺节目，也是很幸运的。每逢电视里播放音乐、舞蹈节目的时候，杨华必定去看。她躲在一个黑暗的角落里，随着那音乐的旋律，模仿着荧屏上的演员的舞姿，胡乱地将两只胳膊弯过来伸开去，扭着腰肢，搓着碎步，把脑袋东歪一下，西歪一下……时间一长，人们倒是发现了一个新鲜事：这儿还有个对着画报和电视学跳舞的小姑娘呢。

这个小姑娘，她还那么小，就开始感受到了世态炎凉。但她并不是在昏暗中仅仅寻找自己的出路，她憋足了劲头，要努力奋斗，决心献身于祖国的舞蹈艺术事业！也许，坎坷的命运，培养了她自强不息的性格。她，小小的年纪，就想得那么深，而且敢于向自己的命运挑战了，真正的不简单哩。

她在心田里播下的艺术的种子，终于到了萌芽的季节。1970年，年仅十一岁的小杨华，冒充十三岁（学员最小年龄线）考入了空军歌舞团学员队，穿上了军装，成了一名地道的文艺小兵。多亏了她的老师罗秉玉慧眼识珠，一株新芽拱破了冻土，沐浴着阳光雨露，开始健康地成长……

头一次走进练功房，罗老师面对那明亮的大长镜、绿色的地毯、光洁的把杆，对她进行教育："跳舞可不像跳猴皮筋儿。优美的舞蹈，是在舞台上通过演员的动作、舞蹈塑形和千变万化的舞姿等来表达出人物的思想感情，从而去感染观众，给人以美的享受。这就需要有过硬的艺术功力才行啊。"

认真地听完，默默地走开，杨华不知道说什么好，但她却懂得用什么回答老师了。琴声响了，她举手，投足，腾跳，旋转……

"一——二！一——二！"随着喊声，一双睿智的目光在身后盯着她。

"蹲，半蹲，擦地，小踢腿！"罗老师像练兵场上的指挥员，准确地发出每一个口令。

"这么简单的动作。"杨华心想，做得干脆、利落，几乎不用更多的重复就能达到要求。

"射雁，探海，卧鱼，倒踢紫金冠!"老师接着发出一连串的口令。

"啊，这是芭蕾的动作吗?"杨华发怵了，喃喃地说，"难度太大了。"

"要做一个出色的舞蹈演员，应当从难从严，全面加强基本功训练!"

老师的声音怎么这般严厉?瞧，她的双眉都快倒过来了，多吓人哪。"是，我做。"杨华嗫嚅着，出汗了。

一个高难动作，她跳十遍、几十遍、几百遍。汗水，雨点一般，滴答、滴答、滴滴答答。把杆下湿了一块，地毯上湿了一片。

"动作一定要和音乐紧密配合，注意和谐。"罗老师那双睿智的眼睛在身后盯着她。

跳，旋，和谐，汗水……她练着练着，不知不觉中猛地想起了自己非常喜爱的一本书——《约翰·克利斯朵夫》，她希望自己能够具备音乐家克利斯朵夫的许多优点。"唯有创造才是欢乐"，她想到了罗曼·罗兰说过的话。跳，旋，和谐，汗水!"这是不是'创造'呢?"她自问又自答，"反正我很快乐。"

学员们在毕业分配前，须下部队当兵锻炼。杨华和几个小同学被分到空军襄樊医院，当了护理员。医院坐落在半山坡，每天晨曦微露，小鸟儿开始在山林里啁啾，她们就听着鸟的啼声起床，踏着晨光下山挑水，然后为伤病员们洗刷。当兵三个月，天天如此。杨华虽然年龄最小，可她也担着两桶水，跟小姐姐们在弯弯曲曲的山道上跋涉。肩膀压肿了，脱了几层皮，晚上躺下腰酸背痛，她从不叫一声苦，反而抓紧时机练功，奋力地跳动、旋转。每跳一次，旋一圈，她仿佛都感觉到有一双睿智的目光在盯着自己，疼痛和疲倦似乎都不觉得了。

跳动，跳"动"！杨华记得美国当代诗人安格尔来中国访问时说过："舞和诗都是'动'的艺术，舞蹈家和诗人闪着同样的念头。不同的是，诗人用文字的语言，舞蹈家用身体的语言。"诗人对舞蹈艺术的见解鞭辟入里。她由此想到，舞蹈演员应该在跳动、旋转中磨炼"身体的语言"，为观众表演出多姿多彩的"动"的艺术。

然而，那毕竟是艺术的美、幻想的美，"真实的最高的美是在现实世界中找到的"。杨华哟，就是一个在现实世界中寻找美的探险者啊……

翌日，清晨，艺术的母亲呼唤她悄悄地起了床，穿一身雪白的病号服向楼下走去。她想寻找一处僻静之地，去跳，去旋。

"杨华，你怎么起得这样早?"楼梯口传来了一个轻柔的女声。

她扭回头，看到是一位比自己大不了两岁的夜班护士，便微笑着回答："人家睡不着嘛。"

"那也不能到处乱跑呀。你是传染病人，懂吗?"小护士生起气来更好看，脸上的两个酒窝深深的。

"哟，干吗这么凶呀，一本正经的。"杨华小嘴巴一噘，然后冲护士一吐舌头，嘻嘻笑道，"好姐姐，我想、我想……"

"你到底想干什么？"

"干脆说吧，我是跳舞的，每天必须练功，这也是我们的规定呀。"杨华就像在家里和姐姐撒娇一样，"好姐姐，放我走吧，嗯——"

"好妹妹，听我说，"护士的声调轻柔似水，但态度却不容置疑，"演戏我看你的，治病你就得听我的了。回去躺着吧！"

没有一点商量的余地，杨华被"押"回了病房。这天夜里，她失眠了，仿佛看见艺术的母亲在招手，她是多么离不开艺术啊。她难过极了，抱着枕头哭到深夜。

哪儿能躺得住哇！一连数日，杨华仰卧在病床上，练举手，打碎了床头柜上的茶杯；练投足，常常蹬掉盖在身上的被子。她只能用嘴巴哼着伴奏，用心默想着"跳动""旋转"。她酷爱艺术，多么不愿离开它呀。

又一天，她从小镜子里再次看到自己越发胖了，她终于忍不住焦急地哭出声来。这可恨的身体，你为什么要发胖，你不知道我是舞蹈演员吗！杨华恐慌极了。医生们哪，你们不准我练功，总让我这么躺着，这样的治疗，这样的爱护，我受不了，受不了啊！不！我要跳，我要旋，我要夺回艺术生命！为了艺术，少活几年又算什么呢。

到哪儿去练功呢？医生、护士发觉了是不会同意的。因为治疗不好，会拖成慢性病，容易复发，她们也是一片好意呀。这怎么办？杨华苦思冥想，蓦地想出了一个主意，情不自禁地乐了。这个小姑娘啊，心计还真不少哩。

平时，她积极配合医生治疗，常给同室的病友们讲故事，逗得大家乐呵呵。可是，当医生、护士一离开，病友们读书、看报、聊大天，她就溜出了病房，一到治疗或开饭的时候她又准时出现。

日复一日，一个月过去了，杨华明显消瘦，转氨酶时高时低，医生们很着急，她却满不在乎，整天像只小喜鹊，叽叽喳喳，眉开眼笑。有时，她对着小圆镜，左顾右盼；有时，她又洗洗涮涮，擦窗拖地。医生和病友们都叫她是个"爱干净爱漂亮的小天使"。

事情终有"败露"的时候。这一天的晚上，病人们都开完了饭，仍不见杨华的影子。小喜鹊，她又"跳"到哪儿去了？值班的小护士来到拐角处，推开病房厕所的门，里边传出了"一——二！一——二！"的数数声和呼哧呼哧的喘息声。她大声喊道：

"杨华，你给我出来！"

"哟，吓死人哪。"

"吃饭了！"护士假装生气地问，"你在干什么呀？"

"这、这怎么好说呢……"

"嗬，装得还挺像呢！躲进厕所里练功，还让病友们为你保密。其实呀，我早就发现你的秘密了。"护士伸出指头在她的鼻尖上轻轻刮了一下，笑道，"只不过没揭穿，懂吗？"

"我的好姐姐！"杨华被感动了，眼泪簌簌而落。

"真是个小姑娘！平时你那么爱干净，躲在厕所里练功……"护士搂着她，话没有说完，眼泪就涌了出来。她看出，在舞蹈中寄托着杨华的理想，倾注着杨华的生命；倘若硬是禁止她练功，这更不利于对她的治疗，弄不好还会憋出新的病来。多细心的护士姐姐啊！她们有一颗相通的心，都在为艺术母亲而流泪吧。

二

优美动人的古曲旋律，飘颤在色彩斑斓的舞台空间里。神女在这梦幻般的意境中，动中有静，静时有动，栩栩如生的造型和亮相，使她显得那样善良、文静、端庄、温柔、贤淑，真是东方的"蒙娜丽莎"，具有典型的东方女性的美。

济济一堂的艺术家们，从神女的形象中看到了美的具象、美的典型，憧憬美的过去，呼唤美的未来。美的欣赏、美的感情，拨动了每个人的心弦，震颤出强烈的共鸣曲……

杨华推迟了半个月的出院期，但她毕竟是带着能跳、能旋的身体出院了。她又回到了渴望已久的练功房，像一只海燕经过了一场暴风雨后，又飞回到大海的怀抱，照一照那明亮的大长镜，踏一踏那绿色的地毯，摸一摸那光洁的把杆，听一听那单调而又无休止的琴声……她入迷了，她陶醉了。她又舒展开长长的双臂，像海燕一样高傲地、自由地飞翔了。腾跳，旋转，和谐，汗水……

然而，厄运总是和这个姑娘纠缠不休。正当杨华病体初愈，抓紧练功的当儿，在一次旋跳中半月板扭伤，同时发现膝关节骨质增生。练功时间稍长些，双腿就痛得直打战，有几次下车连站都站不稳，摔倒在马路上。完了，真的就命该如此吗？不，不！一个人的命运是可以改变的，关键在于不向它低头，要有自强不息的精神。

跳，旋，疼痛……她没有向谁吭一声。她想暗暗用自己的痛苦，创造出美的艺术，给别人送去快乐和享受。要再次同病痛做斗争！她自觉加大运动量，腰部绑上沉重的沙袋，在行人川流不息的路边，在垂柳依依的湖畔，在寒风呼啸的雪野，拼命地跑呀、跑呀。有时被增生的骨刺折磨得难以支撑，她还要在脚腕上吊起一摞砖，刻苦地练。过量的训练，使她觉得即将处于崩溃的边缘，随时都有可能倒下去。但是，童年的梦在她脑海中萦绕——做一个舞蹈家。练，不停地练。"如不燃烧，必将熄灭——这就是规律。"她在体痛难忍时，常用奥斯特洛夫斯基的至理名言激励自己，决心不惜一切代价，把梦想变为现实，要用自己生命之火，去点燃艺术生命之光。

她，又一次战胜了病魔。因而，也就更加珍惜分分秒秒，腾跳、旋转，比从前更加勤奋了。

她终于"跳"出来了！老师决定让她正式登台跳了。演出后，舞蹈界的前辈艺术家们欣喜地发现，空军有个杨华，基本功扎实，男演员的有些高难动作，她也能跳。接着，又让她跳了一个独舞，电视台还转播了，杨华留在千千万万观众的心上啦。

三

矫健轻捷的身影，婀娜多姿的舞步，像风一样轻轻，像云一样悠悠。神女哟，从她的眼睛、动作、表情中，都表现着对人间怀有真诚的爱——这人类最美好的感情。她的心灵是那么美好，不会矫揉造作，没有一丝假仁假义。她，多像一个爱的精灵。

台下，两千多位艺术家的目光被她牵绕，心灵被她震慑。被她表现的美唤醒着美，从她表现的爱感受着爱。

而她，年轻的杨华哟，在舞蹈艺术中全身心地表现着美和真诚的爱，那么，在生活中呢？她也要把美和真诚的爱与所追求的艺术事业紧密地联系在一起。以前，有一些小伙子从舞台上或电视中看到过杨华，触"景"生情，慕名而至，有的写信，有的登门，多以"高干家庭""生活优越""工作时髦"，甚至"相貌英俊"等"高档"条件，大胆地向她求爱，但都被杨华一一谢绝了。她觉得这些人浅薄得也够可以的。一个人只图金玉其表，而精神空虚，缺乏理想，没有追求，生活是很可怜的。没想到，有少数不了解内情的人，爱在背后点点戳戳，议论她清高。听了，笑笑，她并不在乎。随着年龄的增长，关心她婚事的同志也越来越多，但她一点也不着急，非要找一个志同道合的不可。

1979年，一个阴雨绵绵的日子，杨华告别了辅导她自学英语的老师，来到大街上。当时正下小雨，她也有些饿了，就到商店里买包点心，想等雨停了再走。

可是，老天下个没完。她看看表，索性向公共汽车站走去。老远，她见一个年轻人正冒雨立在站牌旁，深情地注视着她，不由心里一颤："老师，你……"

在相互接触中，她渐渐发觉他有理想、有抱负，特别酷爱自己的天体物理专业，勤奋得有些发痴。不过，她也有些疑虑：酷爱科学的人，对艺术事业是否也支持，也热爱呢？所以，在没有摸准对方的心弦之前，对他送来的爱，杨华总是用回避作为"防范"。此时此刻，此情此景，她心里像揣着金色的小鹿，"咚咚"直跳。

"你呀……"真是一个痴情的人，杨华终于被感动了，"看你浑身淋得这个湿哟！"

"你不是看过一部电影，片名叫《雨中情》吗？"他笑了。

"哦，叫《雨中曲》吧？"

"不，《雨中情》。"

真是天赐良缘，雨中情。温柔的风，绵绵的雨，尽情地吹吧，尽情地下吧。

她终于接过了"丘比特"射来的"神箭"。

虽然，他们由师生变成了恋人，但杨华还是把他当作自己的老师。花前月下，他们并不满足于卿卿我我，更多的还是对事业的切磋和探讨。他经常对她说："无论做什么工作都要敢于冒尖。一个优秀的舞蹈演员，需要全面加强艺术修养，广泛学习各种艺术，以丰富、充实自己的头脑，通过学、想、练、研究、模仿和探索，尽力塑造好每一个角色。"

真是高山流水遇知音啊。她在他的启发和帮助下，像一只辛勤的小蜜蜂，在历史、政治、自然科学和文学、戏剧、诗歌、美术、音乐、摄影、体育等的百花园中，博采众家之长，广泛汲取丰富的营养，精心酿造着甜美的蜜汁——舞蹈艺术。她买了大量的书画，有唐诗、宋词以及各种中外文学名著，有达·芬奇、徐悲鸿、贝多芬、施特劳斯和聂耳、冼星海，有抽象派、印象派、现代派……她都尽量涉猎，其中有的还喜爱至极。她在学习中还发现，舞蹈和书法也是有关系的，唐代书法家张旭，曾从公孙大娘矫健优美的舞姿中得到启示，使他的草书更加神采飞扬而富有强烈的舞蹈感。姊妹艺术，真是触类旁通。

这一对热恋着的年轻人，正当在一起对事业殷殷求索之时，他要出国了，到加拿大第一大城蒙特利尔深造。这一去将会很久。机场上，飞机旁，亲人相送，情切切，意绵绵，有难舍的拥抱，有难分的哭别……她，杨华，没有拥抱，也没有哭别，而是把深深的爱，惜别的情，变成由衷的祝愿，向登上舷梯的男友喊道："记住，拿不到硕士学位，就别回来见我。"

小伙子啊，重重地点了点头，"噜噜"地走上了飞机，每一步都显得是那样的有力、自信，难道这不是爱的力量吗？

四

光阴荏苒，两年过去了。大洋此岸与彼岸，隔不断两颗相通的心。杨华每天都在为"尽力塑造好每一个角色"而勤学苦练。练功房里，琴声如涓涓细流，不绝如缕。腾跳，旋转，和谐，汗水……她今天正在跳一个高难度动作。窗外高高的白杨树梢上有一对喜鹊喳喳喳地欢叫着，也像在为她助兴。跳，跳了几十遍、几百遍，不满足，她要跳上一千遍。

"杨华，你的长途电话，快!"门外有人喊。

啊，真正的长途，横跨大洋，飞越万里，从蒙特利尔打来的。

一只颤巍巍的手抓起了电话："喂，我是杨华……"

"我可以回去见你了!"听得出，对方的声音里流露出压抑不住的兴奋。

"哦、哦……"

"不能说句别的吗? 祝贺我的话!"

"哦、哦……"

"你这是怎么啦，光会说'哦、哦'呀?"

"哦、哦……"许久，杨华才从甜美的梦中醒来，又回到了甜美的梦中，"你听到喜鹊在叫吗? 我等着你……"

1982年，杨华结婚了。经团里领导批准，她和丈夫到北戴河度蜜月，那里可是一个旅游的胜地。但是，杨华并无心观赏那芬芳馥郁的奇花异卉。早晨和傍晚，她最喜欢跑到海边，携着丈夫的手，怡然地走着。初升的朝霞，落日的余晖，泼向大海，金色的海浪温柔地舔着他们的脚。海燕陪伴着他们，在头顶上绕来绕去，宛若翩翩起舞的少女。大海啊，是那么辽阔、深邃和神秘，奥妙无穷。它正如一位作家用深情的笔描绘的那样——"世界上再没有比海洋更伟大、更神秘、更叫人向往的东西了。那里有安宁，有风暴，有温柔，有呼啸，有无数财富和生物，有千变万化的奇特景象。"看着大海潮涌浪卷的雄姿，杨华如痴如狂，沉醉在浩瀚的艺术海洋之中，面对大海，她手舞足蹈起来。

丈夫看出妻子想练功了，便站在海边的沙滩上，晃了晃膀子，说："练吧，我给你当'把杆'。"

是的，把杆。杨华扶着他投足、压腿……每天过得都很愉快。可杨华心里还是觉得空空的，特别是一看到大海，这种情绪便愈加浓烈。啊！她是在想着练功房，想着那明亮的大长镜、绿色的地毯、光洁的把杆、单调的琴声……那里也是大海，艺术的大海；她天天都在孕育着自己的儿女，艺术的儿女！那艺术的大海，要比眼前的大海更绚丽、更神奇、更美妙、更令人向往啊。

丈夫很理解妻子的心思："回北京吧，回到你那'大海'的怀抱中去吧。"

回到团里，杨华就投入到了紧张的基训和排练当中。他甘当"模范丈夫"，买菜、做饭、洗衣服，全包下了。每天还要自制冷饮送到练功房或排演场，给妻子祛暑解渴。有一次，他去送水，正逢杨华在排练舞剧《伤逝》，进行合乐，他便坐在台下观看。剧中人物涓生和子君间的思想矛盾和性格差异，用一连串的舞蹈动作，饱满而深沉的感情，纤细而含蓄地表现出来。扮演子君的杨华，刚做完被"涓生"托举的动作后，猛地见丈夫提着水瓶愤然退场，心里感到莫名的难过：他是怎么啦？气还不小哩……

"停！"导演在台下吼起来，"杨华，你刚才的动作和音乐不和谐。"

杨华一愣，她意识到自己刚才是走了神儿。要是在演出中，这会算事故的。

"重来！"导演神情严肃，把手一挥，"开始！"音乐声起，如泣如诉……

回到家里，杨华见丈夫已经做好饭菜在等候，心里暗暗发笑。

"吃饭！"他把饭送到她的面前。

"不，我要喝水。"杨华有意气他，"为什么把水提回家，不让我喝？"

"看不惯！"他余怒未息。

"什么看不惯？说呀！"

"艺术应该是美的，我觉得你们那个托举动作不美。"

"那是编导根据剧情设计的，表演是我的工作。我看，你准是……"杨华用指头点了点他的鼻子，"你不能这样，这是我的事业啊！"由此，她敏感地预想到在自己今后的生活中，也许会出现"伤逝"的。

"嘿嘿，因为我太爱你了，"他扶了扶眼镜，说了句笑话，"开始是有点不习惯，不过，放心吧，我不会扯你后腿的。"

第二天晚上，《伤逝》彩排。

吃过晚饭，他收拾停当，说："杨华，我去看看你们的彩排。"

156

"不行！你看了，又会跟我闹别扭。"杨华不容分说，"哐当"一声把门带上，反手上了锁。

"开门，杨华！你这不是让人笑话吗？"

"放心吧，硕士同志，你别说话，没人知道。古得拜！"杨华嬉笑着跑下楼，向排练场走去。

彩排回来，已经快11点钟了。杨华推门进屋，见丈夫没有睡，正在台灯下翻阅一本《鲁迅选集》，神情专注。她忙走过去直赔笑脸："喂，书呆子，又不高兴了吧？"

"是的。"他合上书本，抬起头，托了下眼镜，"鲁迅先生在小说《伤逝》中，通过描写涓生和子君的思想矛盾，深刻地揭示了当时社会的腐朽、黑暗，以及青年知识分子脱离革命洪流、脱离民众，追求所谓个性解放的必然悲剧……"

"你怎么给我说这些？"杨华来了兴致，但她不明白他为什么不直接回答自己的问话。

"可是，你在今晚上的表演中，对子君这个人物的分寸感有时把握得不够准确，所以，就不能很好地揭示作品的主题。"

"我也有这种感觉，但不知道毛病出在哪里。"

"扮演什么角色，就要对她产生感情，深入于角色的特定感情之中，表演要深浅有度，这就离不开分寸感。而分寸感则是一个文艺工作者艺术上成熟的重要标志。"丈夫以探询的目光看着她，"小华，你说有道理吗？"

"你为什么不早跟我谈这些？"

"你为什么不准我去看你们的彩排？"

157

"咦，怪事儿，你对今晚的演出怎么知道得这么清楚？"

他从兜里掏出一把钥匙："看，嘿嘿嘿！"

五

音乐声终止，场灯亮了。紫绒帷幕徐徐拉严，又徐徐拉开。独舞《敦煌彩塑》的表演，精彩极了。"神女"站在台前，弯腰施礼向观众谢幕。

"哗哗……"两千多名艺术家离开座位，站起身，向"神女"报以最热烈的掌声。这掌声经久不息，不正是对她心血和汗水的馈赠吗！

著名舞蹈家戴爱莲热泪盈眶，一边鼓掌一边称赞道："后生可畏！她是我国舞蹈界近几年培养出来的最好的青年演员之一！"她的话并没有过誉，而是反映了众多舞蹈艺术家们的共同心声。大会经过严格评审，杨华荣获了表演一等奖。她童年的梦，变成了现实，终于获得了成功。

啊，神女！啊，杨华！你在舞台上创造了一个表现古典女性的《敦煌彩塑》，而在自己的生活中却展现了一个当代青年的精神彩塑。但是，任重而道远，艺术之巅入云端，你在今后的生活中，又将如何去登攀呢？我们正翘首以待啊……

不久，她被挑选到中国艺术团，出访了美国、加拿大。四十多天里，几乎天天有演出。许多侨胞和外国友人通过观看她与同伴们的表演，领略了一个文明古国的艺术所特有的魅力，看到了中国的艺术瑰宝不但可以与世界文化媲美，而且能够令世界倾倒，中华民族不正应该为此而感到自豪吗！

杨华没有辜负众望。最近，她又被中央宣传部和中央文化部选调到文艺界的重点工程《中国革命之歌》剧组，担当了领舞、独舞和双人舞的重要角色。不久，我们将能从舞台和银幕上看到她以更新、更美的舞姿出现在大家眼前。

彩塑，她在为丰富多彩的生活塑造更多的新人的形象。她，多像一个舞动的彩塑！

（原载《文汇月刊》1983 年 3 期、

《漓江》1984 年 6 期）

难忘的小路

小路啊，一条小路，
曲曲弯弯的小路。
这里布满我的足迹，
这里留下深深回顾；
……

他高高的个头，身材魁梧、健壮，只因过度用脑，使得他过早地谢顶，头发现已不多见。他额头宽阔，脸庞红润而富有光泽，鼻梁上架着一副银边眼镜，透过镜片，一双眼睛闪着睿智的光芒。他性格内向，不事张扬，慈眉善目，笑容可掬，给人第一印象：一脸福相。他就是空政文工团编导室主任、著名歌词作家张士燮。

路，漫漫人生的路，每个人都要在这条路上走过，时而平坦，时而坎坷。有的人，因平坦而勇进，遇坎坷而驻足，甚至徘徊、勇退。那么，在这条人生的旅途上，张士燮是怎样一步一步走过的呢？

天津，鸿升里，昔日这里是租界。1932 年，初春的一个黎明，士燮就在这里诞生了。落地后，第一声哭喊是那么响亮，妈妈居然惊喜得忘却了阵痛。

离开母亲的体内，又投进了母亲的怀抱，吸吮着母亲的乳汁，瞪着两只黑豆似的眼睛，他开始见识到了人世间的新奇。

跟着妈妈牙牙学语。

模仿大人蹒跚学步。

走进课堂读书学习。

童年的生活，士燮本该在这天真无邪、无忧无虑中度过。但是，人有旦夕祸福，家庭破碎的阴影过早地笼罩在了他的心头。父母离异后，他与妈妈相依为命，苦度岁月。可在那种世道里，靠一个大字不识的年轻女人给人家做点杂活儿挣得温饱，何等样的艰难。为生活所迫，妈妈改嫁他人。士燮小小的年纪，既同情妈妈的痛苦，又痛恨自己的无能。十三岁时他便进了一家店铺当学徒。买菜，做饭，挑水，拉煤，站柜台，起早贪黑，不会干，学着干，拼命地干。稍不如老板的心意，还得受罚，打、骂、冻、饿，像影子一样伴随着他。为了生存，他不怕。这反而磨炼了他的意志，锻炼了他的性格。他学会了忍耐，学会了咬牙，学会了奋斗。

在他十七岁那年，天津解放，温暖的阳光普照大地，和煦的春风吹拂着海河。翻了身的海河人民，敲锣打鼓，载歌载舞，欢送一批又一批优秀儿女，随军南下，去解救正处于白色恐怖中的江南人民。正是这一年2月，张士燮告别了故乡，参军来到了第四野战军十二纵队。在教导团学生队，行军、打仗、学习，进行树立革命人生观的教育，生活紧张，却有意义，士燮感到有趣、自豪，整天乐乐呵呵。

部队南下到了湖南，学生队扩编为青年干校。士燮被分配在一中队，当上了司务长。每天买菜、担粮，一有空，他还喜欢参加干校的文艺活动，演戏、编戏，也演过自编的小歌剧、现代京剧；扮演过恶霸地主的狗腿子，也塑造过充满柔情的拥军老太太。

在管伙食、演戏的同时，士燮又拿起了笔，学习创作。写快板，写歌词，写歌剧，写京戏，只要能鼓舞战士们的斗志，他都想试着干。一颗艺术的种子，已经开始萌芽。

一年之后的 1950 年，军干校结业，士燮被分到某军文工团，搞创作。这正是他梦寐以求的事情，他立志在艺术的天地间施展自己的才华。

不久，文工团随部队进军广西，参加剿匪、反霸斗争。十万大山，莽莽苍苍，山高路险，敌情复杂。士燮常随作战小分队翻山越岭，搜索追击敌人，宣传发动群众。火热的斗争生活，引发他创作的激情。他忘记疲劳，甚至不顾与敌人遭遇时的生命危险，总是不忘随身带个小本本，随时记下丰富的斗争生活素材。一天傍晚，小分队同一股土匪遭遇，敌强我弱，寡不敌众，战士们只好边打边撤。攀过一处峭壁，战士们钻进了一片密林。士燮利用喘息的当儿，一摸衣兜，素材本不见了。没容多想，他转身走出树林，沿着原路找了回去。突然，有几个土匪出现在对面的山头上。危在旦夕，急中生智，他一猫腰躲进了路边的灌

162

木丛，趴在地上，一动不动，直到敌人走远，他才起身，继续寻找小本儿。那一天，他终于未能找到它，却找来了领导的愤怒：为了一个笔记本，差点儿丢掉一条命，我要关你三天禁闭！

禁闭自然没有关，这是领导的吓唬，也是领导的爱护，但他还是暗自流了泪，不因领导的批评难过，却因丢失了素材本伤心。本子里有诗有画，有歌有吟，有染红的血浸满的汗，记有斗争的足迹，录有历史的壮歌，也有他生活和生命的缩影，他怎能不暗自神伤?!

就在这一年，士燮在《广西部队文艺》月刊上发表了反映剿匪生活的独幕话剧《天亮前后》。这是他的处女作，也是他走进艺术殿堂的引路作。黎明过后，天将亮，艺术的黎明在呼唤着他。

两年的斗争岁月，士燮没齿难忘。瞬间，到了1952年的春天，组织上一纸命令，士燮所在的文工团被编入了空军某军文工团。他离开了百花盛开的南疆，又来到了千里冰封的北极，脚下的路横跨南北，越走越长。

翌年，士燮随文工团跨过鸭绿江，入朝慰问，体验生活，搜集我志愿军将士抗美援朝的英雄事迹。这时的士燮开始感悟到生活是文艺创作的源泉。

在朝鲜西海岸的山洞里，他一住就是数月。这里的村庄已被美国飞机的炸弹夷为平地，老百姓也都住在山洞里。士燮常到志愿军战士和朝鲜人民群众中，采访中朝人民并肩战斗的动人事迹，编成节目，就地演出。有时上阵地演出，要乘敞篷车走很远的路，途中经常遇到敌机空袭，车

163

上人只好仰望空中，互相交叉监视着，一旦发现敌机，立即停车隐蔽。冒着敌人的枪林弹雨，他们坚持为勇士们慰问演出，走到哪儿，写到哪儿，唱到哪儿，给战士们带去了欢乐，增添了杀敌的勇气和力量。写战士，演战士，他们自己就是战士。

在朝鲜，士燮写出大量作品，底稿就有一大摞。所有作品，发表的阵地，就是山洞、坑道、战壕。

回国后，没隔多久，他就负命进京，到空军文工团任创作员。这里人才济济，艺术的天地更广阔。正因为如此，士燮仿佛感觉到自己的艺术功力不足，生活的根底更浅。刚抖落满身的硝烟，他又打点行装，踏上征程，来到南国广州的沙堤机场，深入生活，和战士们一起维护飞机，保障飞行。当时战备紧张，时常有海峡那边的飞机窜入广州地区上空骚扰。所见所闻所感，他写出了歌词《不是机关炮不听话》，经作曲家朱正本、姜春阳谱曲，很快在战士中传唱开来，并且灌了唱片，这也是他写的第一支歌，第一次灌的唱片。有第一，就会有第二、第三……他想。

真诚的艺术需要真诚的生活。抱着对艺术的真诚，士燮千里迢迢，从北京奔赴西藏高原，深入部队，体验生活。他到过当雄，到过黑河，到过格尔木，还到过西藏的这里和那里。那里，风情奇异，生活多彩，但条件却极为艰苦，高原缺氧，气候恶劣，风刮石头跑，黄沙漫天扬。走路喘不过气，迈着四方小步，连天上的鸟也飞不动，只好像耗子一般在草地上出溜出溜地跑。虽然1958年时士燮才二十六岁，年轻力壮，但肆虐的山风、稀薄的空气而引起的高原反应使他苦不堪言，呼吸困难，心慌气短，头晕呕吐，高原反应把他折磨得死去活来。可是，每到一地，有了演出任务，他就立刻变成了另外一个人，收集素材，编写节目，报幕唱歌，说相声，等等，一边吸氧一边演，感动得战士拍红了手掌。

自从从事专业创作以后，更好地做一名人民大众的忠实代言人和歌手的强烈使命感，总在驱使着士燮朝着这样一个既定目标迈进：用自己的眼睛去发现生活中的美景；用自己的语言去吟唱人民的心声；用自己的心灵去捕捉时代的旋律；用生活本身的色彩去编织艺术的花环。

这是艺术对士燮的呼唤。

这是士燮对艺术的追求。

达到一定的艺术境界，需要艺术家全身心地投入，而投入了一生的艺术家也未必能达到一定的艺术境界。当然，求之不得，才更能令人求之若渴。士燮文化不高，底子较薄，但勤能补拙，重要的在于后天的努力。为使自己的作品接近更高的目标，他非常注重从姊妹艺术中汲取营养，取人之长，补己之短。当代民歌、古典诗词、舞蹈、美术，雕塑、剪纸，古今中外，不但观赏阅读，还要收集整理。他进城、出差，最爱逛的是书店，自然的、历史的、政治的、军事的、美术的、音乐的、文学的，中国的、外国的……无论哪一类书籍，他都要看要买，即使倾囊也在所不惜，一捆一捆一兜一兜往家里提，数千册书几乎占去了屋内大部分空间。一次出国访问，归来时，他没有买其他什么纪念品，却又一次逛书店，用身上仅有的一点外币，买了一套精装的《毛泽东选集》。有人笑他痴，他说我就有这点爱好。当初薪金少，为买书花掉了他所有的积蓄，连结婚时买喜糖喜烟还是从朋友处借了一百元钱。难怪新婚的妻子面对一架架的藏书，笑他简直像一个"书虫"。士燮对民间艺术的兴趣亦很浓，50年代仅剪纸就收藏了近千种。他对这些不是生吞活剥，而是在创作中融会贯通，巧妙运用，特别能在收集整理过程中潜移默化地陶冶思想和艺术情操。广西、云南、西藏、陕北，这都曾是民间艺术的发源地，士燮每到一处，都不忘到民间采风，收集了大量的民歌民谣。

正是这样的年月，正是这样的情怀，正是这样的生活，士燮写出了在全国城乡经久传唱的具有代表意义的作品：《毛主席来到咱农庄》《社员都是向阳花》。向阳花，向阳花，几十年来开不败，直至今日人们还把她作为劳动人民的亲切比喻和美好象征。

1960年，他领受任务，到湖南、江西一带采访，创作大型歌舞《革命历史歌曲表演唱》的文学脚本。有一天，他踏着红军的足迹来到了一座山寨，找到一位七十多岁的老人，了解当年红军在这里的战斗生活。这位老人，不仅是曾经和红军一起战斗过的赤卫队员，还是远近小有名气的民间歌手。士燮相见恨晚，与老人促膝交谈。从上午到下午再到晚上，老人边讲边唱，士燮边听边记。油灯下，竹床上，两人有长歌有低语，困乏时，老人抱出一坛自酿的米酒和他对饮，畅叙畅饮，一夜未眠，直至林鸟鸣啭，红日东升。后来，士燮在为其写的《十送红军》《秋收暴

166

动歌》等歌中，那"七送红军五斗江，江上船儿穿梭忙。千军万马江畔站，十万百姓泪汪汪。恩情似海不能忘，红军啊，革命成功早回乡"的词句，如此朴实自然，朗朗上口，娓娓动人，节奏明快，内涵深刻，感情热烈，谁能说不是闪耀着浓郁的民歌情韵的光彩呢？

此剧一公演，立刻引起强烈反响。1964 年拍成电影上映后，更是在社会上产生了轰动效应。这种轰动，一下子轰动到了中南海，敬爱的周总理大加赞赏，并指示中央文化部调动全国的艺术家，写一部涵盖面更大的史诗般的作品，这就是士燮有幸参加创作的大型音乐舞蹈史诗《东方红》。

在参加创作《东方红》的文学剧本时，正遇爱妻临产。他是三十一岁结婚，那年月还没有大张旗鼓地提倡晚婚，他和她，为了事业，是自觉的。有了他们第一个爱的结晶，他应该守护在妻子的身边，她也多么需要他！可是，为了集中精力写作，整整一个月，他都未顾得上到产床前看上一眼妻儿。

可敬的是，妻子对此毫无怨言。这个《电影艺术》的编辑，爱儿子、爱丈夫、爱艺术，丈夫所爱不也正是她之所爱吗？两颗相通的心未必相爱，两颗相爱的心必然相通。

《东方红》成功了，红于北京，红遍中华。它凝聚着他的一份心血，它包含着她的一腔情爱。东方红，红了东方。

激情涌动，春潮澎湃，艺术之花在士燮的面前开放，正可谓春风得意。得意的春风，又吹拂到了士燮的身上，1965 年，周总理亲自交给空军一个任务，写一出反映抗美

167

援越的戏。士燮和另外几个人组成的创作班子，通过友谊关，跨过红河，踏上了越南的国土。老街，奠边府，河内，十七度线，所到之处，弹痕累累，满目疮痍，战争带给越南人民的深重灾难，常使他泪湿前襟，怒火中烧。但是，我军将士和越南军民抗击美帝侵略者的英雄壮举，又常使他刻骨铭心，奋笔疾书。一个多月的战地生活，士燮获益匪浅。回国后，他用友爱与义愤交织而产生的动力，昼夜笔耕，和同伴们一道很快拿出一部大型歌舞剧《长山火海》。

遗憾的是，《长山火海》只演出了十余场，"文革"开始了，《长山火海》被迫停演。

　　　　小路上洒下我的汗水，
　　　　也曾洒下我的泪珠；
　　　　洒下过多少理想，
　　　　也洒下过劳动的甘苦。
　　　　……

一向豁达的张士燮，自称为坚定的无神论者、没有入党的布尔什维克的信徒，开始相信每个人似乎都离不开命运的安排。他回想起1957年，那时，正当他刚要施展自己的艺术才华，实现自己的艺术抱负时，一场无情的政治风暴席卷了中国大地，反"右"斗争开始。"地、富、反、坏、右"五类分子，是坏人就得进行无情的斗争，否则，无产阶级专政就很难巩固，士燮虽然对这一场斗争感到来得突然，但凭着朴素的阶级感情，他还是觉得，这是在党领导下的斗争，还会有错吗？

岂料，天有不测风云。反"右"斗争，反到了他的头上，士燮有些惶惑了：我怎么成了"右派"，我怎么能够反党？更使他费解的是，按照文工团的人头比例，规定要抓三十几个"右派分子"，这是硬指标，要不打折扣，只能超额，不许减少。他就属这三十几个之列。抓坏人哪能按比例，定指标呢？士燮百思不得其解。不得其解，也不用其解。幸运的是，当时的空军文化部部长、"快板大王"毕革飞，爱才如命，不忍心看着这些艺术上的人才、尖子被一个一个打入地牢，推进火坑。他自己是从战士成长起来的艺术家，他清楚艺术家战士是多么必要。可在滚滚而来的政治潮流面前，抗不能，抓不忍，于是便采取了一个拖延战术。他说：文工团的"右派"，兴许一个没有，兴许不止三十几个，这么着，请领导放心，咱彻底过一遍，挨个儿清查，查出一个抓一个，争取一个不漏网。

真灵。一查再查，一拖再拖，终于，三十几位同志，大部分都被老部长保护下来。一个领导，可以保护一群人，同样也可以毁掉一群人，关键在于他是为人，还是为己。

那次没被打成"右派"，可十年后，一个轮回，还是在劫难逃，被关进了牛棚。罪名：反对林彪、叶群、吴法宪；继续罪名：黑高参、黑笔杆子、黑线人物。

从此，一间屋，九人住。每人一只小板凳、一张床，床头贴着毛主席语录："凡是反动的东西，你不打它就不倒，这也和扫地一样，扫帚不到灰尘照例不会自己跑掉……"在屋里，人人都是坐在自己的小凳上，只准面对墙壁，不准交头接耳互相说话；外出干活儿，不是淘厕所、扫院子，就是卸煤、运粮。士燮也曾在睡梦中出现过天真的幻想，渴望十年前的老部长能够出现在自己的身边。当然，当他醒来时却清醒地知道这毕竟是在做梦。别的士燮还可以泰然处之，可是失去写作的权利，他比万箭穿心还难受。悄悄地，他在用来写思想汇报的纸头上写出一组歌词：《十二月唱党》。他要唱，唱给党。

第二天，看牛棚的人找士燮谈话："有什么话要向党汇报吗？"

士燮未存任何戒心，伸手从兜里掏出了《十二月唱党》，双手捧着恭恭敬敬地递了上去："字字句句，发自肺腑。"

"嗬，张士燮！你不老老实实改造，还在写这些臭歌词，反动立场不改变，你能写什么词？

"歌颂党？嘁，也不撒泡尿照照，你配吗？"

"我……"

"检查！反党分子！"那位"造反派"吹胡子瞪眼，丢下一句话，走了。

反党，反党?! 士燮夜里躺在木板床上，辗转反侧，难以入眠，扪心自问，直到东方发白，也没有想清楚在哪件事情上反过党。这个"？"像把弯刀挂在了他的心头：

反党！

反党？《毛主席来到咱农庄》《社员都是向阳花》……

反党！

反党？《革命历史歌曲表演唱》《把马列主义大旗高高举起》……

反党！

反党？《东方红》《长山火海》……

就凭这一系列的作品，他怎么也想不通，自己怎么会反党？没有对党的一片赤诚，能写出赤诚颂党的作品吗？可是，这理到哪儿去说，又到哪儿能说呢？士燮觉得被嘲弄的不仅是自己，而是整个历史。可历史，终究还是历史。心地坦诚，便什么也都能想得开了。该睡时睡，该吃时吃。蹲牛棚，感冒时，他从衣兜里摸出中药丸，细嚼慢咽，显得十分轻松自如，就连同屋的"灰尘"们也好生纳闷，到底吃的什么这么有滋有味呢？想问，又不便，一直是个谜。

1968 年夏，士燮随一些人下放到河北遵化西铺大队劳动改造。这里是毛主席亲自表扬的合作化的带头人王国藩大队。这里的人们曾走出了一条代表中国农村发展方向的道路。能在这块土地上劳动，接受改造，士燮觉得无上荣光。在农村，士燮无权戴红领章和帽徽，贫下中农心明眼亮，一眼便看出他是被批判的干部。可他任劳任怨，每天帮助老乡挑水、起粪、锄草、收麦子、刨地瓜，什么脏活儿累活儿都干。有一天，房东煮了一锅地瓜，盛了满满一大碗端到他跟前把门倒锁上，亲切地说："吃吧，轻点儿干，别累着。"一碗地瓜一番话，感动得士燮热泪滚滚，一口也咽不下去了，但他还是咽下去了，是把贫下中农的厚爱和自己的眼泪拌着地瓜一起咽进了肚里。他要把这一切，终生珍藏在胸中。

1969 年秋，发出一号令，全国全军进入一级战备，从打仗的需要，也是从防止牛鬼蛇神闹京城的需要。士燮和爱人及六岁的儿子一起，打起铺盖，被疏散到贵阳"五七干校"，举家进行了战略大转移。在干校，学员分两类：正式的、候补的。正式学员准予穿军装，准予参加各种政治活动；候补学员被剥夺了政治权利，不准参加任何政治活动。士燮属候补的。主要劳动是采制茶叶，士燮被安排在制茶车间，是技术性最强的岗位。采茶，杀青，揉碾，烘干，焙炒，待毛茶出来后送精加工车间，分出种类，炮制，拣梗，分装，再将分类后的茶合起来关堆。一整套工艺流程，一道一道工序，他都能虚心地向制茶师傅请教，一遍又一遍地学习、揣摸、操作，虽然不能进行艺术创作，这也是一种艺术劳动。搞艺术的人，毕竟悟性好，经过自己的勤奋钻研，茶厂老师傅鉴定，他可以出师，成为合格的制茶工人了。他感到欣慰：意外收获，歪打正着，即使作为生活积累，也不可多得。

士燮不管是在蹲牛棚，还是在农村劳动，抑或在干校改造，似乎每次运动都少不了他，可他始终乐观、豁达、容忍、宽厚，成天价除了苦于无权写作，不见有任何苦恼。有一次，他被从劳动改造的麦庄转送去遵化西铺，途中只有一天时间在家停留。这天晚上，他和妻子聊了一个通宵，第二天又带着全家人逛北海公园，他要抓住点滴时机补偿欠下的对妻儿的爱。没料想，这事被"造反派"发现了，组织群众进行了批斗，说他当"反革命"，还有雅兴逛公园，明目张胆地抗拒改造，是可忍，孰不可忍！士燮却笑了，忍了，是不可忍，孰可忍？妻子忍不下，却发了火，火他对那些人怎么从来不发火。他没有火脾气？不。一年前，他就对妻子发过一次火，而且大得很，抓起暖瓶盖，"啪"地掼到地上，大吼："你心里还有没有我们这个家，有没有我这个丈夫！"为什么火呢？原来，他每天上班前都嘱咐妻子下班时将在单位订的报纸带回来看看，一天两天，一连五六天也没有见到一张报纸，火了，真火了！妻子吓了一大跳，重新瞅着丈夫，平日少言寡语，温顺得像绵羊，今天竟然成了一头愤怒的雄狮。她惊讶。相反，他挨了人家那么多的整，却忍气吞声起来了。她倒真的希望他重新变成一头雄狮，他没有。后来，她逐渐明白这不是丈夫的软弱，而是丈夫的成熟、丈夫的坚强、丈夫的大度、丈夫的宽容，对付那些蛮不讲理的得志小人最好的斗争手段就是沉默软抗。他的忍耐是来自于信念。他自信中国的知识分子对党的感情，无论遇到多大磨难，都是不可动摇的，和党总是息息相关，尽管有过许多坎坷，吃过许多苦头，经过许多风雨，但最终的信念永远都不会改变，总会有出头之日。

1972 年，士燮和许多人离开干校，回到北京。之后一年，组织上为他平反，恢复了工作。喜获新生，喜得贵子，老二在这一年出生，妻子问："孩子生下了，起什么名呢？"

士燮不假思索："叫张帆吧，我的艺术之舟被搁浅多年，现在可以张帆远航了。"

既有对儿子前程的期望，也有对他事业的鞭策。"文革"前夕，正是他艺术创作的黄金时代，动乱开始，革职停笔，空悲切多年。生命的青春难留住，艺术的青春可回头。解放了，他心里有说不完的话，犹如关不住的春潮奔流于笔下！

"歌如潮花如海，欢迎朋友四方来。银球万里传友谊，友谊花朵遍地开。啊……"1974年，亚非拉乒乓球友好邀请赛在京举行，张士燮应约写了会歌《银球飞舞花盛开》，作曲家朱正本、羊鸣为它谱上了优美、欢快的旋律，大街小巷，众口传唱，成为当年最有影响的作品之一。后来亦成了拍摄这次盛会影片《万紫千红》的主题歌。

他写了《打倒"四人帮"人民喜洋洋》《歌唱革命老英雄》；

他写了《兰花与蝴蝶》《祝你一路顺风》《南湖船党的摇篮》《我的思念有谁知道》；

他写了《蓝天我飞翔的摇篮》《金色的风》；

他还和乔羽、石祥、凯传合作撰写了音乐舞蹈史诗《中国革命之歌》的文学本。

从50年代至今的数十年内，在每一个重要的历史时期，都有士燮高亢的歌声，能与时代产生共鸣的艺术家，需要永葆艺术的青春。士燮则深情地说给他的艺术青春注入生命活力的，是亲爱的党。1980年，他终于实现了自己多年的夙愿，组织上正式批准他加入中国共产党，从此成为一名真正的党的文艺战士了，这是人生的飞跃，也是人生道路新的起点！他始终在心头铭记着那一天——12月12日，一个成双的日子，一个吉祥的日子。

174

小路，你是我青春的路，

　　小路，你是我生命的路，

　　小路，你是我难忘的路，

　　……

　　功成名就，有人陶醉，有人奋进。士燮早已功成名就，他曾为三代作曲家写词：瞿希贤、时乐濛、牛畅、刘炽、彦克……王酩、施光南、谷建芬、张丕基、朱正本、姜春阳……士心、楚兴元、伍嘉冀……也曾为三代歌手写歌：郭兰英、王昆、张映哲……李谷一、邓玉华、刘秉义……董文华、郑莉、张暴默、朱明瑛、郑绪岚、佟铁鑫、胡月、安冬、金曼……不胜枚举。说句公道话，实在可以辉煌一下了，可士燮从未满足于现状，他对自己所取得的成就淡然处之，只是淡淡一笑：我就做了那么一点儿事。他一刻不忘奋进，总是在艺术的小路上一步一个脚印，孜孜以求。

　　那一年，共青团中央召开十一大，号召文艺工作者写团歌。士燮写了《青年青年早晨的太阳》一歌，自我感觉不错，蓬勃向上，蛮有点概括力，位居十几个单位联合推荐的十二首歌的榜首。电台播，电视放，也哇啦哇啦热闹了一阵子。有一天，士燮去串门，一个老战友的孩子正是做青年工作，见到他挺认真地说："张叔叔，您的歌团支部规定大家必须唱，可怎么也唱不出去，太严肃，跟唱《国歌》似的。"

　　"孩子，能听到你的意见，叔叔高兴，感谢你和你的朋

175

友们。"一个偶然的机会，一次短暂的交谈，却使士燮想了许久许多，从中悟出一个理儿：青年人不喜欢自己的歌，首先是自己的歌没有深入到青年人的心里，自己已年过半百，要保持艺术青春，就要保持一颗年轻的心，要不断更新观念，调整创作心态，努力追寻时代，跟上时代的步伐，这就要面对生活，面对现实，研究当代人的审美情趣，尤其是青年人。当然，他心里明白：艺术创作超越自我，难，到了这个年龄就更难，需要有新突破，从自己的小圈子里跳出来，需要做出双倍的努力。

之后，士燮经常通过各种渠道接近青年、关心青年、学习青年，做青年人的知心朋友。舞场，也是一个展示青年人不同精神状态的场所。他称不上舞林高手，但在写作之余，为了多一点儿和青年人接触的机会，倒也常下下舞池。走上舞场，揽着舞伴，他进、他退、他旋，都显得那么干练、稳健、有力度。常言道"文如其人"，不也可以说"舞如其人"吗？在同青年人的交往中，他不但使自己的生活得到了丰富，还从中了解到许多青年人存在的"失学、失业、失恋"的问题，怀着强烈的责任感，构思写出了《朋友，你的心事我知道》："朋友朋友你不要烦恼，你的心事我知道。假如工作没有找到，切不可为此消沉烦躁。朋友朋友你不要烦恼，打起精神不屈不挠。生活大门正在打开，相信工作总会找到。满怀信心，满怀希望，青年的火焰在哪里都燃烧。……"歌词真实地反映了当代青年的生活、思想和苦闷的心情，用亲切、同情、劝慰和鼓励的口气，带给了他们温暖，拨响了他们美好、向上的心弦，因而备受青年们的喜爱。

当文艺圈里有一些人热衷于蜗居于一个小硬壳壳里表现自我的时候，张士燮却时刻想着自己作为一名党培养成长起来的文艺工作者所肩负的责任，力争踏着时代的鼓点，与广大人民群众同呼吸、共命运，写出受人民欢迎、被时代认可的艺术作品。1981 年、1983 年，国家林业部两次组织作家到福建、云南的林区体验生活，士燮在其中。在云南林区，士燮一路上看到毁坏森林的现象非常严重，一些地区的生产方式极为原始，仍然是烧林开荒种粮，大片劫后的森林像墓地一般阴森、凄凉、可怖。西双版纳，素以美丽的原始森林和盛产大象而著称于世。可是，"文革"几年森林已经破坏，后来提倡发家致富，大片大片的森林又遭劫难，连大象也濒临灭绝。拍摄《孔雀公主》电影时，摄制组用的两头大象在这里无法寻找到，不得不从缅甸重金租借。大象的故乡，竟然失去了大象生存的环境。大象在哭泣，森林在哭泣，士燮也在哭泣：人类在毁坏生态环境，最终必将毁灭自己！

《救救森林》！士燮痛心疾首，用手中的笔，写出这样一篇散文，发出心底的呐喊，《人民日报》很快在《大地》副刊发表。

《森林与大象》，士燮言犹未尽，又奋笔写出一首寓言式的叙事歌词，同行的王酩也有同感，马上谱曲。朱明瑛、刘秉义首唱后，立即被中央人民广播电台选作"每周一歌"

播放："在那密密的森林里，有一群活泼的大象，森林是它们的摇篮，也是它可爱的家乡。……有一伙无知的樵夫，闯进了大象的家乡，贪婪地挥舞着板斧，把森林全砍光。啊！温顺而可怜的大象，失掉了美丽的家乡，逼得它们走投无路，流着眼泪奔向远方……"

这首歌，不是徒解概念，绝非空喊口号，它是作者对丑陋的鞭笞，对美好的向往，更是对祖国一草一木的无限深情，因而它才能够赢得听众的喜爱，并且风靡全国城乡。

路，人生路，四十多年的艺术路，无论平坦抑或坎坷，经过锲而不舍的拼搏，士燮终于有了今日：中国作家协会会员、中国音乐家协会理事、中国音乐文学学会理事、中国音协创作委员会委员、中国《歌曲》月刊编委。每一个头衔，都是他辛勤耕耘后的一分收获。尤其是他在数十年的创作生涯中，先后获得全国、全军及各项艺术奖励近百种：奖杯、奖状、获奖证书、荣誉证书……这就是对他艺术创作的充分肯定和最好奖赏。奇怪的是，尽管他几乎在用自己毕生精力为繁荣社会主义的文艺做出重要贡献，取得了各样的艺术奖赏，却至今未能在政治上得到什么奖赏，哪怕一个三等功也没有立过。有人为他鸣不平：功劳功劳，"功"离不开"劳"，"劳"理当有"功"。可他自己却对此看得很淡，也从不计较，他说功名利禄都不过是身外之物，自己真正的追求是：

歌，是从心灵到心灵的艺术；

当我的歌变成广大群众自己的歌，并常常流传在人们的口头上时，就说明我和人民的心是相通的；

只有自己的歌有了知音，才是我最大的慰藉和幸福；

写作，对我来说既是劳动也是享受，能写出为人们接受的好歌，是我最大的愿望；

要写成一首好歌，离不开作曲家的会心合作，我以为：词乃歌之魂，曲乃歌之翼，只有词精曲美，珠联璧合，水乳交融，才能使歌飞向人们的心灵。

艺术家的心灵一旦和人民大众的心灵相通，与时代的旋律相合，其作品一定会在社会上产生强烈的共鸣。士燮回顾自己的人生之路，写出了《我的小路》；作曲家谷建芬拿到歌词，一边谱曲一边流泪，一边流泪一边谱曲，因为她就有"小路"一般的经历；歌唱家李谷一看到了歌，在台上一边流泪一边演唱，一边演唱一边流泪，因为她也有"小路"一样的经历。小路正是士燮的写照：

……
小路啊，一条小路，
曲曲弯弯的小路。
这里回荡我的歌声，
这里留下我深深回顾；
小路上洒下我的情意，
也曾洒下爱的雨露；
洒下过多少理想，
也洒下过劳动的甘苦。

179

小路，你是我青春的路，

小路，你是我生命的路，

小路，你是我难忘的路，

小路，你是我的路……

1991 年 2 月 7 日夜一稿于京西寓中

2 月 17 日夜二稿于鞭炮声中

（原载《西南军事文学》1991 年 4 期）

刀下乾坤

这是一个多梦的年月。

一个英俊少年，孤独地站立在黄河岸边，面对浊浪滚滚的黄涛，置身于落日的辉煌，眺望着被晚霞撕扯的遥远无尽的天际，忽发奇想：我要当画家。

白日做梦。

的确是梦。醒来，揉揉惺忪的双眼，想起自己在炮火连天中诞生，在水深火热中煎熬，今天，苦难中的人民站立起来了，他立志要用一支笔表现人民，表现祖国。初中毕业，他十六岁，又和其他十几位同学以压倒两千多人的绝对优势，考入西安美院附中，终于挥动画笔，开始涂抹他的画家之梦。

第一件作品是五幅诗配画，发表在省级报刊上，起点不低。这是 1958 年，他刚十九岁，处女作是他最好的生日礼物。他又想到梦中的辉煌，也想到了自己的名字就叫"金旭"，洒着金辉的旭日冉冉东升。

翌年，王金旭画了四幅年画，总题为《东风吹到山区来》。有心的人也是有幸的人，长安美术出版社出版了他的

181

这一套年画，并且在全国美术界最权威的杂志《美术》上发表。同时作为献礼作品，参加了陕西省庆祝新中国成立十周年的展览，它和著名画家刘文西的代表作《来到毛主席身边》站到了一起，成为他正在就读的西安美术学院同学们街谈巷议的话题。东风，吹到了山区，也吹到了金旭的心里。

1963年，金旭以优异成绩从西安美术学院版画系本科毕业，分配在陕西日报社当美术编辑、记者。搞创作和当编辑，相似而不相同。一张新闻纸，天天要以不同的面貌和读者见面，除文字外，"改头换面"的工作主要靠美编。制题，插图，尾花，甚至连每一条花边都得亲自动手，加班加点，有时通宵达旦，忙，累，但也乐在其中。

报社的一个领导见他文笔不错，善意地对他说：搞美术，今后怕会影响你的发展啊。

所谓"发展"，无非是当官。他想，他要走自己的路。

山路弯弯，崎岖不平，金旭就在这条小道上攀登，走村串户，广泛接触民间艺术，秦砖汉瓦，都成了他搜集的珍宝。陕南的山歌，陕北的窗花，岐山的剪纸，户县的农民画，这些取之不尽、用之不竭的民间艺术的精华，都给他以丰富的营养。

《我们队的饲养员》《葡萄熟了》《果实累累》，金旭以这些散发着浓郁的泥土气息的早期作品，于1964年首次参加全国美术展览。他终于尝到了生活之泉的甘甜。

1973年，金旭参加了我军老版画家宋彦圣组织的一次大型创作活动。之后，他便身背画囊，参军来到空军创作室，当上了专业美术创作员。从此，能一手拿枪一手握刀，成了一名能文的战士，会武的画家。

绿色的军营，一片新的天地，令金旭目不暇接。如何用原来掌握的绘画技法，表现这火热的部队生活，前思后想，他悟出了一个道理：要表现好部队生活，首先要深入部队生活。

高山，海岛，沸腾的机场，边防的连队，留下了他的足迹，洒下了他的汗水。高炮，雷达，飞机，都是他创作的素材。是英雄，自有用武之地。

当然，金旭从未做过英雄梦，他梦中的辉煌是画家。一把刻刀，一块木板，就是他自由驰骋的广阔天地。

此时，全国正掀起一场政治风暴，吼声山呼海啸，大有黑云压城城欲摧之势。一张大字报，反映出一个人在政治舞台上所扮演的一个角色。各种大字报，从机关大楼的顶端，直悬至最底层，可谓铺天盖地。金旭不想在这场表演中扮演什么角色。他每天都把自己关在画室中，将一腔的爱和恨倾注在刻刀上，解剖人生，解剖社会，刻画现实，刻画未来，寻觅自己的理想和探索，在浑浊的夜色中，继续做那辉煌的梦。

宛若远天惊雷，四架银色战鹰，巡航在蓝天，俯瞰着祖国的壮丽山河。金旭采取大胆新颖的俯视构图，使读者仿佛置身高空，俯视大地，视野辽远，心潮激荡。在色彩上，用钴蓝、湖蓝、草绿、黑和几点提神的红融汇成蔚蓝的调子，使祖国山川大地郁郁葱葱的景象跃然纸上。画家以细腻、准确、多变的刀法，精当地把梯田、水渠、山塘、

183

水库刻画得淋漓尽致；还通过虚虚实实的拓印技巧，使各个色版把大地表现得层次分明，无限深远辽阔。画家调动了各种艺术手段，使画面互相构成一个不可分割的整体，犹如各种乐器协调一致，奏出了优美的和弦。整幅画大气磅礴，与以往有些版画单一、小巧的题材和构图，形成了鲜明的反差。它作于1976年，人民胜利之日，金旭故此给它命名为《喜看旧貌变新颜》。古人云：诗言志。同样，画，不是也可以言志吗？

真正有价值的艺术，理当得到广大人民群众的理解和接受。《喜看旧貌变新颜》两次参加全国美展，人民美术出版社出版，八一电影制片厂还以电影的形式把它介绍给更多的观众。其后，金旭创作的版画《艰苦创业》《战鹰之歌》《云海夜哨》《水上云梯》《山城》《转战》《晨》等，在全国、全军的美展上展出，引起人们的关注和好评。

成功，有人陶醉于鲜花与掌声之中，有人却默不作声地在选择下一个奋斗的目标。金旭属于后者。他回顾过去的创作，多以细腻、彩色、写实见长。与之相对立的粗犷、黑白、写意，他对此开始了摸索、发展和追求。尤其是从惯用的彩色向黑白发展，金旭达到了痴迷的程度，正如他在一篇文章中所说：黑、白在所有色彩中处于两个极端的地位。它们相互对立，又相互依赖。无黑，也就无所谓白；无白，也就无所谓黑。黑白两色构成的统一画面，能显示出极为分明、醒目的艺术效果，具有一种特殊的形式美。不管周围世界有多少复杂的色彩，就其色彩的明度来讲都在黑白之间。恰当地运用黑白对比，常能给人以不同色彩关系的感受和联想。鲁迅先生说："木刻究以黑白为正宗。"黑白处理看似简单，却是一个画家终生的课题。因为千变万化的世界，就概括在黑白之间，这对画家的艺术功力要求就更高了。比利时当代最负盛名的黑白版画大师麦绥莱勒，堪称金旭心目中的一尊偶像。麦绥氏一生创作了上万幅木刻版画，他对黑白的巧妙处理匠心独运，他的组画《城市》《从黑到白》《回忆中国》等代表作品，给金旭留下了难忘的印象，并以此为目标而努力。勤奋刀耕，笔走龙蛇，1982年，金旭创作完成了反映空军部队飞行、雷达、导弹、空降等生活的黑白木刻组画《钢铁长城》。作品一经问世，立即引起反响，不仅受到行家们的赞誉，还荣获了全军优秀美术作品奖，并被收入中国版画年鉴。探索得到了承认，还有什么能比这更令金旭感到欣慰呢？

祖国南疆传来的隆隆炮声，无时无刻不在强烈震撼着画家——不，一个军人不安的心灵。金旭离开北京匆匆奔向战斗的最前沿，和战士们一起坚守在炮位上，还登上直升机救护伤员，目睹了一个个年轻的战士为了祖国的安宁，冒着枪林弹雨，踏着滚滚硝烟，经历着血与火的洗礼、灵与肉的厮杀，他们年轻的血肉之躯排列是铜墙，聚拢是铁拳，前进是箭镞。在国家利益需要、民族存亡的关头，他们不惜自己的血肉之躯，去和钢铁进行较量。这一切使金旭的心灵受到了强烈震撼：战争，塑造了美，铸造了人的肉体和心灵；战争，也破坏了美，毁灭了人的肉体和心灵。他把这种感受凝于刀下，刻出了版画《南疆夜哨》《雾中行》《警惕的眼睛》，参加了南疆前线美展，《南疆夜哨》

之一还获得优秀作品奖，被中国美术馆收藏。它是艺术的精品，也是历史的见证。

接着，金旭又创作了组画《边陲抒情》，作品将美丽的边疆和部队生活人格化、诗化，在中央文化部、中国美术家协会、解放军总政治部联合举办的庆祝中国人民解放军建军六十周年展览中，获优秀作品奖，并被中国美术馆收藏。

在这些作品中，金旭力求避免过去那一套公式化、概念化的政治说教和图解模式，而是在深刻理解当代军人的精神风貌和审美观念的基础上，解放思想，大胆探索，不断创新。他没有在画面上展示血肉横飞的战争场面，而是通过充满诗情的画面来揭示意蕴丰富的社会内涵。他深深懂得，没有艺术上的不断创新，军事题材的美术创作，很难取得它在美术领域的一席之地。黄河岸边的少年，真正做了一个辉煌的梦。

艺无止境。在一个极其偶然的机会，金旭从路边捡来一块普通的砖头，要为一个展览会刻一枚专用图章。没料想，用砖块刻出的图章，效果极好，并在展览中获奖，这便鼓起了他继续探索的勇气。能够用砖刻章，不也可以用砖刻画吗？不妨捡来红砖绿瓦，一试，结果发现砖刻比木刻更有自然的天趣，浑厚、朴实，还带有金石的味道。这一发现，令金旭感到欣喜若狂。他从工地捡来许多砖块，不分昼夜地舞动着刻刀，刀下出现了北国的雪夜、南疆的雄鹰、东海的灯塔、江边的新城、傣家的新楼、哈尼的山寨、边陲的小镇、长城的雄姿……他先后刻了七十多幅砖刻版画，有些还参加了首都版画双年展，获了奖。《人民日报》《解放军报》《光明画报》《昆仑》《北京文学》等许多报刊都发表了金旭的砖刻版画。他还用砖块刻了许多藏书票，被选送到美国、日本、中国香港、中国澳门等地展出，引起华侨和外国观众的高度称赞。他们惊讶，这一块块普普通通的方砖，在画家的刀下却能变成一个个五彩斑斓的世界！辉煌的梦，已经变成了现实。

当今，美术界各种流派，标新立异，趋之若鹜者甚多。但，金旭却能耐得住寂寞。他认为，搞艺术，切不可急功近利，不能只想着从社会取得什么，而应想着为社会留下什么。失去远大目标，这样的艺术终会跌入深渊。金旭除了酷爱美术外，也非常喜欢文学、音乐、历史及自然科学。艺术是相通的，可以互为补充。这种补充，不是照搬、重复，更不是简单的描摹，而是经过自己的咀嚼、消化，变为丰富的营养。因而，从金旭已经发表的上千幅作品中，可以看出他深厚的艺术功力和独特的艺术风格。版画界的专家说：金旭已把民族的传统、民间的精华、现代的观念融合在自己的作品中，刀法娴熟，结构精巧，每幅画都宛若一首古朴的小诗，充满艺术活力。只有真正耐得住寂寞的人，他才真正不会感到寂寞。金旭正是这样的人。他以自己的人品和文品，被选为全国四届美代会代表、五届文代会代表，被聘为目前正在各地展出的全国第七届美展版画展区的评委。他说，与其说评论他人，倒不如说评论自己，评论自己的学识，评论自己的人格。无论评论什么，他都将不负众望。

187

现在，王金旭已是中国美术家协会、中国藏书票研究会会员，中国版画协会理事，他的名字已经被载入《中国版画家词典》《中国美术年鉴》《当代中国美术家名人录》。他正沿着弯弯的山路，大踏步地走进了辉煌的艺术殿堂，但他似乎无意流连徜徉，领略无限风光；他背起行装，又走向了黄河岸边，面对滚滚波涛，继续做他辉煌的艺术之梦……

（原载《炎黄子孙》1989 年 4 期）

追求没有休止符

1964 年 10 月 13 日，晚 7 时，人民大会堂三楼小礼堂。毛主席在周总理的陪同下，高兴地观看《江姐》。这是新中国成立后毛主席观看的唯一的一部大型歌剧。演到第四场蒋对章被误作"江队长"抓起的那段戏时，毛主席放下手中的茶杯，哈哈大笑。

演出结束，毛主席和周总理、朱老总、董必武、贺龙、陈毅、徐向前、聂荣臻、彭真、杨尚昆、陆定一、罗瑞卿等党和国家领导人，一同登上舞台，十分欣喜地接见了全体演出人员，并且合影留念。

当《江姐》准备去南方演出，毛主席在中南海对空军歌剧团有关人员指示，你们的歌剧打响了，你们可以走遍全国了，到处演出嘛！

1965 年 6 月，李先念副总理说，《红梅赞》已经成了非常流行的歌曲了，包括我们的总理在内，经常唱它。周总理在舞会上经常唱，有时还打拍子叫大家一起唱。

《江姐》轰动了！全国数百家文艺团体同时移植上演。红梅怒放了！全国各族人民同声高唱《红梅赞》。此刻，谁能知道，为《江姐》赋予灵魂的作曲家羊鸣却因创作这部歌剧的音乐时，神经过分紧张，身体超负荷运转，病倒了。耳鸣，头晕，盗汗，心悸，失眠，听不得任何嘈杂声，见了人总想流眼泪。诊断：严重神经官能症。

他还没有举起观众送来的祝贺的鲜花；

他却已经捧起医生送来的住院通知书。

江姐走上舞台；

羊鸣进了病房。

在医院，吃药，打针，按摩，中医，西医，药物疗法，精神疗法……能用的办法都用了，不见疗效，整夜整夜不能入睡，精神恍惚。风声、雨声、歌声，他都听不得，包括护士们哼唱他写的《红梅赞》，一听就落泪。

一天，理发师傅的推子刚在他后脑勺上"咔嚓"出一道白沟儿，他双手抱着脑袋，"噌"的一下从座椅上站起身，直嚷：不理了，不理了！

师傅手里举着推子，愣住了，半晌，嗔怒道：神经病！

羊鸣自觉有些失礼，强作笑脸赔不是：师傅，我的神经是有病呀，你那推子的"嗒嗒"声，就像有一群一群数不清的马蜂围着我的脑袋嗡嗡响，我实在受不了啊。

哦？师傅一下愣住了。发，终于没理完，在头上留下了一片空白。

妻子王颖智到医院探视，给羊鸣带来一本《解放军歌曲》，里面有刚刊登的他病前写的一首曲子《我站在五星红旗下》。她本想给病中的丈夫送去欢乐，岂料送给他的却是痛苦和烦恼。羊鸣两眼直直地盯着杂志发呆。记忆没有了，红旗不见了，剩下一个病恹恹的人，到底站在哪儿？看着想着突然眼泪"哗哗"地流下来，双拳捶打着自己的脑袋，号啕大哭：完啦，我完啦！今后我再也不能作曲了！天哪，我怎么什么也想不起来啦?!

羊鸣暂时是什么也想不起来了。但是，对这位在中国歌剧发展史上做出过杰出贡献的音乐家，人民不会忘记，历史也不会忘记。

一

羊鸣的真名叫杨明。杨明的真名叫杨培兰。确切地说，杨培兰——杨明——羊鸣，都是他现用或曾用过的真名。当我们沿着他先后改用的三个名字寻觅时，便可以发现一个艺术家的成功要历经多少艰辛……

渤海湾里有一孤岛，小岛伸向海湾中的形如雀嘴一般的岩石上坐落着一个渔村，因地形而名雀嘴村。1934 年 7 月 31 日，夜，潮涨潮落声中，杨家一个婴儿呱呱坠地，取名培兰。虎头虎脑的男娃子，纤纤弱弱的女儿名。平日，爹娘像爱女儿一样疼儿子，爱儿子也像疼女儿，于是，他得到了双倍的爱。

然而，家庭的爱，却难以改变世态炎凉。全家长年累月生活无计，如苦海无边。年幼的小培兰对这一切似懂非懂，时常一个人跑到村头"雀嘴"处的嶙峋岩石上，面对狂荡无羁而又神秘可怖的大海，"噢嗬嗬——噢嗬嗬——"地喊叫着。"雀嘴"会唱歌，他不会唱歌，他要唱歌，这就

191

是他唱的歌。海鸥扇动双翼，带着他最初的歌声飞向了遥远的天际。

七岁那年，为生活所迫，小培兰跟随老实巴交的父亲开始"闯关东"。沿途求乞，一路风尘，终于来到东北边地安东（今丹东）宽甸县落户。父亲在好心人的帮衬下，做点儿小本生意养家糊口。培兰深知读书来得不易，因而格外勤奋。学习之余，唱歌，跳舞，演小戏，各项文艺宣传活动，身材高挑，英俊潇洒，性格开朗，有着优越的先天条件的培兰，总是积极参加。那时，他虽不是科班出身，也无名家指点，但他做事认真，且又有一股憨劲儿，老师怎么教，他就怎么学，有时还会加进一些自己的理解和创造，每次演出倒也能赢得不少掌声。由此，在他朦朦胧胧的意识里，文艺兴许跟他有缘，他在内心里爱上了文艺。

一晃五年过去，1947 年，春天早早地来到了这个祖国北部的边城，宽甸经过长久的冬眠蛰伏而在春阳照耀下的冰消雪融中醒来——培兰的第二故乡解放了。彩霞满天，歌声动地。翻了身的穷苦人民，在党和政府的领导下，掀起了轰轰烈烈的土地改革运动。十三岁的杨培兰，小小年纪就凭着他的满腔热血，勇敢地投身到了这一场暴风骤雨般的斗争之中，并当上了宽甸县西关区儿童团团长，俨然一个小战士。

忠厚胆小的父亲，一生只求能平平安安过日子，生怕儿子的举动会招致大祸，遇有机会就劝说培兰：千万不能莽撞，为自己为全家人想想啊！

他心里十分清楚父亲的用意，听罢，笑笑，该做什么

192

还做什么。是年，11 月的一天晚上，培兰突然对父亲说：我要去当兵，做一个真正的战士。

父亲一听愣了：你疯啦！

夜风舞着细碎的雪花扑进门来，给屋内增添了更多的寒意。

培兰参军的决心已定。他轻轻地对父亲说：我什么要求也没有，爹，只求你给我改个名字吧！

为啥？

培兰像个女孩子名，当了兵，扛枪打仗，不好听。

哦？父亲生气，心想：真是儿大不由爹喽。

培兰自有主张，就在离家前的一天晚上，他看着天上的月亮，改名杨明，日月会给人以光明。第二天，他同伙伴们一起，来到征兵报名处。一个军官模样的人手捧花名册，呼叫着每一个人的名字，只是要求十五岁以上的站一列，十四岁以下的站另一列。当喊到"杨明"时，他踮起脚站到了十五岁以上的行列中。

从此，他隐瞒年龄，以小充大，弃学从军来到了安东军区。带兵的干部问他想干什么，他随口便答：我爱唱歌。

带兵干部从头到脚打量一遍，微笑着点点头，对杨明说：你就当个文艺兵吧。

一切都那么简单，甚至简单得不可思议，但，确实如此。他就这么参了军，就这么来到了安东军区文工团。在团里，杨明是最小的演员，加上他的勤奋好学，很讨大哥哥大姐姐们的喜爱，洗衣拆被全不用自己动手，就连过端午节时，他一觉醒来发现大姐姐们已经在他脖子上挂好了

193

香荷包、手腕上系好了红丝线。友情、亲情，更激发了他的热情，演戏、扭秧歌、舞台置景，什么都干，什么都能干。不久，他又学会了打击乐，学会了吹长笛，学会了拉提琴，成为正式的乐队队员。雀嘴村真的飞出了一只会唱歌的鸟儿。

一个人，不可没有信念，也不可没有偶像。在乐队，年轻的队长张西风，才华出众，拉得一手出色的小提琴，还擅长作曲，心眼儿也好。杨明崇拜他，佩服得五体投地。一有空，杨明就屁颠屁颠地跟着队长转。在他看来，音乐艺术神秘莫测，会作曲的人一定莫测高深。好奇心，会使人产生奇妙的思想。杨明突然间萌发了一个念头：我要作曲。

好啊，我教你！队长一听，乐不可支。

不过，你要替我保守秘密呀。杨明犹犹豫豫，脸也红了。不是害怕，而是害羞。

从此，杨明和队长之间，开辟了一条"地下航线"——杨明把习作悄悄放在队长的褥子底下，队长在晚上熄灯前抽出来修改，并在稿子上注明为什么要这么改，以后写作时应注意什么问题，等等等等。转天，杨明取出修改稿，边看边想，仔细斟酌，反复揣摩。逢着节假日，队长拉上杨明找一僻静处，面授机宜，总结提高。

杨明期盼自己作的曲能够早日登台，公开演唱。

杨明害怕自己作的曲一旦被人发现，贻笑大方。

就这样，他开始了自己的启蒙教育。在那些日子里，一个个美妙的音符总在他的脑海里活跃着、变幻着，组合、跳荡、震颤……成为一种又一种旋律在纸上流动。

好景不长，"地下航线"暴露。

咦，小杨明也作曲呢？

人不可貌相，海水不可斗量，不简单呀。

是笑谈？是美谈？为了艺术，杨明都不在乎。一旦公开了就不再需要遮掩，一旦不需要遮掩反而变得轻松了。杨明放开手脚，写，不停地写，写出的稿，一叠又一叠。有一次，他鼓起勇气，拿着自认为写得不错的曲子，去向乐队指挥求教。指挥高兴地捧在手上，左看右看，默唱了几遍，前仰后合放声地笑起来，抬起左手捏着鼻子，喉咙里发出"咩咩"的声音，看着他诙谐地说：小杨明啊小杨明，你这曲子可真像羊鸣了，哈哈哈。

一个善意的玩笑，却使杨明受益终生。他由此看出自己作的曲子何等稚嫩。知耻而后勇，就是成功的曙光。他毫不气馁，向启蒙老师张西风学习的劲头更大，更刻苦。这是个关口，如不坚持，他清楚将意味着什么。

老师诲人不倦，不仅教他如何作曲，同时教他如何做人，张西风常对他说：要想成为人民的音乐家，首先要走到人民中去，了解人民，学习人民大众的艺术，从中汲取营养。西风最早用春风吹启他的心灵。

心灵之窗一旦开启，一切美好的东西都可以收进来。当时，文工团经常到农村和乡镇演出。每到一地，杨明都不忘拜民间艺人、歌手为师，向他们采集民歌民乐，甚至到庙宇搜集和尚道士念经的乐谱，就连小镇上商贩的叫卖声、吹鼓手的鼓乐声，他只要碰上都不错过机会，细细地听，认真地记。音乐的天地广阔，宝藏丰富，博大精深，有心去发掘，总会有收获的。他正在收获着。

苦学两载，转眼到了1949年底，新中国成立后的第一个新年即将来临，一个多么值得纪念的日子！隆冬季节，鹅毛般的雪花漫天飞舞，遍地银装素裹。位于丹东镇江山下的一座小红楼里，炉火熊熊，唢呐声声，全团演员们正在赶排节目，喜迎新年。此情此景，杨明心情激动，"艰苦奋斗几十年，终于今日见晴天""五千年来第一次，开天辟地头一年"，当调动起亢奋的神经，一些充满激情的词句就从脑海里顺顺溜溜地生发出来，从心底里流淌出来。他立刻拿起笔，写词，谱曲，|656 16 53 5|欢快喜庆的唢呐曲牌，多么熟悉，是他从民间吹鼓手那里学来的，就以它作为引启句，一首歌一气呵成，斗胆寄给了东北军区《部队文艺》编辑部，居然很快刊载，歌名《庆新年》，作者"羊鸣"。

羊鸣，是对过去的回忆。

羊鸣，是对未来的鞭策。

羊鸣立志从幼稚的"咩咩"的羊鸣声中走向成熟，即使走向了成熟他也不会忘记初始的"咩咩"的羊鸣声。这就是羊鸣。

《庆新年》算不得成功之作，还属"咩咩"之声。但它是羊鸣的起点，它促使羊鸣走上了音乐创作之路，它预示着羊鸣的未来，未来的每一次成功，都能从中发现《庆新年》的影子——中华民族音乐之精神。处女作的问世，给羊鸣后来的创作增添了勇气和信心，播下了希望和追求的种子，同时也逐步悟出了一些真谛：音乐并不神秘，成功也是可能的，只要刻苦、专注、勤奋、努力；稚嫩不要紧，起点不怕低，只要从柔弱的心音开始，学习、生活、实践，定能唱出壮阔的歌；真情实感是写好作品的前提，和祖国、人民的命运连在一起，就会有写不完的情趣，有永不枯竭的艺术生命。

在人生道路上，事业的成功与失败，欢乐与痛苦，往往结伴而行。1950年，安东军区改编为辽东军区，并进驻沈阳成立了东北军区空军。文工团全部建制改为东北军区空军政治部文工团。羊鸣也随之从陆军转到了空军，从绿草地走向蓝海洋，在文工团正式从事专业作曲，梦寐以求的夙愿得以实现，他满心欢喜，至少说明自己得到了承认。但是，新的环境，新的工作，自然要有新的标准，现有的知识水平远不能适应更高层次的艺术要求了。羊鸣陷入了苦恼、沉思之中。越思，越难解脱。

起步不易，提高更难。

如何向音乐的深度、广度开掘？怎么样解决日常工作和学习提高的关系？提高作曲技能，有没有捷径和窍门可走？

一连串的问题，羊鸣苦思冥想，总也想不出头绪来。烦恼苦闷中，他一下想起自己崇敬的作曲家、正在戏剧学院执教歌剧音乐的马可同志。晚上，他在灯光下伏案写了一封长信，恳切地向马可求教。他要向教授寻求心中的恋人——音乐之神。

羊鸣同志：

　　你好！

　　……深入火热的斗争生活，熟悉工农兵和学习专业理论技巧，是革命的音乐工作者不可缺少的两个基本功。如果条件允许，最好两者兼顾；如不允许，你就先投入到火热的斗争中去吧！在斗争中挤时间学习提高。

　　在学习专业知识上，没有什么特别的捷径和窍门可走，只有两个字——刻苦！

马　可

1951 年 8 月 1 日

　　无疑是一封启蒙和引路的信，无疑是一封寄托厚爱和期望的信。这就是音乐之神？是的，是做一个音乐家之基本精神。羊鸣照此做了，很快投身到了抗美援朝紧张火热的斗争生活之中。他多次跨过鸭绿江，奔赴朝鲜，深入战地生活，到战场进行慰问，耳濡目染了中朝人民用鲜血凝成的战斗友谊。一部大型歌剧《一个志愿》诞生了，它讴歌了中朝人民同仇敌忾、并肩作战的深情厚谊，羊鸣作曲并担任演出指挥。登上指挥台，摊开乐谱，亮亮的两眼扫视了一下自己的乐队，抬起右臂，举起一根细细的小棒儿，在胸前潇洒地轻轻一拨，宁静的乐队骤然间变成一个有声有色流动的世界，每个人的脉搏似乎都是随着他指挥棒的一起一伏而跳动。这一刻，他陶醉了，像在指挥整个地球的转动。那会儿，他刚满十九岁。

这是他用爱与火谱写的第一部大型乐章；

也是他用情与爱立起的第一块生活之碑。

在此期间，羊鸣还在演出、战斗的间隙，抽空自修和声学等音乐理论，开始接触和研究贝多芬、莫扎特、柴可夫斯基等外国著名音乐大师们的作品。堑壕、山洞、帐篷、机场，都曾留下过他孜孜以求的身影。虽然这样的学习是肤浅的、有限的，但也是必要的、有益的，是他走向成功之路的又一块奠基石，如同在优美的旋律中不可忽视的一个小小的音符。

1953年，羊鸣以优异成绩考入东北音乐专科学校。它的前身是延安鲁艺，后为沈阳音乐学院。高等学府，一座辉煌的音乐殿堂，曾培养出众多的优秀艺术家，羊鸣渴慕已久。当他跨进校园，一个色彩斑斓的音乐世界便呈现在眼前。如久旱的禾苗逢甘霖，似渴极的羊羔遇清泉，羊鸣怀着强烈的求知欲，在作曲系贪婪地读书学习。和声，复调，配器，曲式，民间音乐，歌曲作法，这些重要的作曲基本理论，他都反复研读。音乐学校拥有光荣的革命传统，办学宗旨就是以毛主席的《在延安文艺座谈会上的讲话》精神为指导，提倡走与工农相结合的道路，强调革命化、民族化、大众化。它培养出来的艺术人才，如傅庚辰、谷建芬等，他们的作曲艺术都具有很强的群众性。羊鸣就是在这样一个艺术的海洋中遨游，如鱼得水，从不懈怠。

时光飞逝，三年的学习生活眨眼过去，毕业时他以优良成绩，被学校评为优秀学生，七个阿拉伯数字，他可以自由倒腾了。丰富了专业知识，如虎添翼，他要大干一场。

两年后，军区文工团宣布解散，羊鸣因祸得福，被调进北京，在空军政治部新成立的歌剧团任创作员。北京的艺术界，人才济济，名家荟萃。不论哪个剧场，只要有新戏演出，他就想方设法去观摩学习，戏票紧张时，买不到，他就到剧场门口"钓鱼"。广采百家之长，开阔自己的艺术视野。

《牡丹江畔》，是羊鸣进京后与他人合作的第一部歌剧，内容反映人民空军初创时的一段艰难历程。满怀信心地参加了全军文艺调演，结果，自始至终没有一点反响，演出简报天天出，可硬是只字不提，就当没有这出戏，报纸上更甭说了。哪怕有人站出来骂几句也好，没有，坐了一个长长的冷板凳，惨兮兮的。身为该剧作曲和演出指挥的羊鸣，心里头的滋味可想而知。演出结束，观众伸懒腰打哈欠，悄悄离开剧场的冷清样儿，想起来就汗颜。有过多年的艺术实践，经过三年的科班学习，为什么还不能有所建树？艺术之峰，真难攀登啊。调演结束，剧组灰溜溜返回团里。羊鸣沉默，孤独，经常躲在一个容易被人遗忘的角落"一日三省吾身"，谁也不见。冷静沉思后，还得面对现实，坐下来，把看人家的许多戏的经验，变成利刃，剜自己的肉！他渐渐明白了《牡丹江畔》落魄的症结——没有真正掌握歌剧创作的艺术规律。能够有这种感悟他才算叩击到了艺术的大门，接近了一种境界。

时隔不久，《牡丹江畔》的原班人马，创作完成了一部新的歌剧《刘四姐》。这个戏一上演，就引起了观众的反响。很快，总政歌剧团上演了，外地一些剧团也上演了。山东人民出版社还出版发行了《刘四姐》单行本。羊鸣在这个戏中取得了一些歌剧创作的经验，也小尝了成功的喜悦。这是他调进北京四年后拿出的作品，虽然是迟开的花朵，但它毕竟是花朵了。

二

1962年10月，剧作家阎肃根据小说《红岩》改编的大型歌剧《江姐》，剧本初稿完成，并纳入团里的创作计划。担负作曲任务的羊鸣、姜春阳、金砂三人，立即到四川下生活，羊鸣拿总。他们先后到渣滓洞、白公馆、华蓥山等革命旧址参观访问了二十多位熟悉江姐的战友和老游击队员，学习和感受革命先烈的斗争事迹，同时搜集了四川的地方戏曲曲调和民间流传的音乐素材。

翌年3月，写出了全剧的音乐初稿。三人兴冲冲返回北京。当时的总团领导、作曲家黄河、陆友，再加上其他创作人员，聚集一堂，听他们念曲谱。完全没有料及，念完听完，作者口干舌燥，听者无动于衷，甚至极为冷淡。接着谈意见，电闪雷鸣，大雨倾盆，劈头盖脸地下起来！各种意见，归纳起来有：剧本结构及唱腔安排比较散，不够戏剧化；人物塑造，特别是江姐的音乐形象不鲜明，流于一般化；音乐语汇不细腻朴实，不亲切感人，不能为群众所喜爱；生搬硬套四川音调，不伦不类，古里古怪，多数观众不易接受。领导当即决定：全部推倒，重新谱写。

惨败。这是一次彻底否定，连一个音符也没留。他又想起了《牡丹江畔》，想起了"咩咩"之声。

也好，一张白纸，好写最新最美的文字，好画最新最美的图画，好谱最新最美的旋律。

革命化，民族化，群众化。周总理对文学艺术工作的指示，羊鸣、姜春阳、金砂重新进行了学习，认识到惨败的原因是多方面的，但归根结底还是一个创作路子的问题。找准了真正的问题，就等于摸到了成功的大门，跨进大门即是胜利的开端。

4月，羊鸣一行再下四川。他们进剧场听川剧、扬琴、清音，走街串巷向老艺人求教民间音乐、戏曲。有的艺人很守旧，从不轻易将自己的拿手好戏说给外人。没关系，羊鸣也有招，掏腰包，请老艺人上茶馆、下酒店，吃茶喝酒，兴之所至，见对方这般恭敬自己，也就毫无保留地开怀畅饮，开口畅谈了。收获甚丰。《老彭他点起一把火》《吃人的老天太不平》《我们人穷志不穷》《大曲酒开坛喷喷香》《共产党里能人多》，剧中有许多充满了浓郁的四川风味的唱段，就是这样从四川民间汲取了大量的艺术营养而谱写出来的。这正是进行了反刍的作用。

马不停蹄，离开四川，他们又赴上海，观摩越剧、沪剧；奔浙江，学习杭剧、婺剧、滩簧等戏曲音乐。在杭州，三人学习地方剧音乐已经达到了痴迷的程度，常跟随剧团一块儿下乡演出。偏僻农村的交通不便，演出用的服装、道具、行李，有时只得靠肩挑手提、身背车推。羊鸣个子高力气大，哪一回都拣重活儿干，遇上风雨天，一身汗两腿泥，常事。剧团的人也深受感动，把他们当成自己人一样看待，给他们创造了许多很好的采风条件。舞台上，工棚里，每当有演唱，逢场必到，他们的衣兜里都装有小本子，边看边听边记，精彩唱段，一句不落。

满载而归。回到团里，羊鸣一行立即去找团领导，汇报这一趟下生活的重要收获。这一次，我们可找到旋律了！羊鸣满怀喜悦，首先切入正题。

总团政委陆友的脸上露出了笑容，给每人沏了一杯香喷喷的茶，高兴起来。

8月，完成《江姐》音乐第二稿。这一稿，是连续苦战两个月拿出来的，其中还不包括下生活的时间。一部歌剧的成败，除了作为基础的文学剧本而外，音乐的状况至关重要。羊鸣认真吸取了一稿失败的教训，集思广益，提出了二稿的总体要求：以"革命化、民族化、群众化"为最高指导；以着力塑造江姐英雄形象，赋予其他人物鲜明性格为最高任务；以南北嫁接，融会贯通，达到群众喜闻乐见为最高目的。具体构想：江姐既是一个对党无限忠诚、对敌人无比仇恨、胸怀宽广、临危不惧的坚强革命者，又是一个有文化、感情细腻、充满爱心的女人。她的音乐形象应该亲切、优美、动听、抒情，使人或听或唱起江姐的歌曲，便能产生共鸣，激起对她的怀念之情；其他人物的音乐形象，主要的、次要的、正面的、反面的，既要独具特色，又要和谐统一。

在创作中，他们对音乐布局做到了既统一严谨又变化不拘：紧、弛、浓、淡、喜、怒、哀、乐，围绕剧中人物，力求水到渠成，该唱则唱，该白则白。在手法上，也灵活自如，丰富多彩，借鉴戏曲音乐中的板腔，以某一曲调为基础，通过速度、节奏、旋律的扩充或缩减，演化出一系列的板式。如第六场江姐的"我为共产主义把青春贡献"这一段唱腔，即是慢板—紧板—慢板—清板—流水—快板—原板。双枪老太婆在第三场的"干革命后继自有人"的唱段，则是导板—回龙—快板—散板。川剧高腔中的"帮腔"形式，在《江姐》中得到了自由、生动的运用，产生了奇特的效果。特别是民间说唱音乐中"唱里夹白""白里夹唱"，以及近似白的唱、近似唱的白的形式，也在《江姐》中得到了借鉴、运用和创新。

　　大型歌剧的演出，一般都在两三个小时左右，有差不多四五十个大小不等的唱段。如何做到长而不空、多而不乱，让观众的情绪自始至终进入角色跟着歌声走，是中外作曲家在创作中面临的一道难关。想跨越它，难题有很多，至少应做到充分发挥声乐、器乐的多种表现功能，有独唱、重唱、合唱之分，有调性与调式的变化对比，有富于歌唱性的咏叹调、近似口语化的宣叙调或两者兼而有之的咏叙调的相互搭配，有民歌体、板腔体、多段体的巧妙应用。否则，观众在听觉上必然觉得疲倦、乏味。从某种意义上说，歌剧是用音乐写成的。换句话说，音乐是歌剧的灵魂。那么主题歌音乐就应该是灵魂中的灵魂。因此，羊鸣在执笔写具有象征意义的主题歌《红梅赞》的音乐时，倾注了他的心血，八易其稿，先后修改二十多次。红梅，终于开放了。

二稿，审查，通过，排练。

边排，边改。上自空军司令员刘亚楼，下至参加排戏的每一个演员，都在为《江姐》出谋划策，反复推敲，边改，边排。

又是一个年头过去了。剧本改了十二稿，音乐大反复两次，有的唱段、唱腔、唱词，改动不下数十次，甚至近百次，连一个音节、一个音符也不放过。说它"精心雕琢，千锤百炼"，毫不夸张。1964 年 9 月，终于定稿。

北京灯市口，剧团排练场，内部排练《江姐》全剧。不几天，院内的家属孩子们开始传唱《红梅赞》。羊鸣见此情景，暗喜，思忖：这一定是个好兆头。

首次演出，果然十分成功。

三

《江姐》的音乐创作，倾注了羊鸣的才华、智慧、心血、情爱。难怪，剧组首次排戏时，当排到第二场江姐哭老彭一段，演员情不自禁地哭开了，全场一片抽泣声，使整个戏无法排下去，导演只好宣布暂停。羊鸣写了那么多作品，自己最受感染教育的也是《江姐》，他前后看戏不下百场，可仍然百看不厌，百唱不厌。虽说剧情、唱腔他早已烂熟于胸，可是至今看《江姐》，只要看到第二场江姐哭老彭、第三场江姐含泪扑在双枪老太婆怀中叫"妈妈"、第七场江姐就义前问孙明霞"你看我头上还有乱发吗"，羊鸣每每动情、流泪，有时竟然哭得像个孩子。

妻子王颖智太理解自己的丈夫了。她深深地知道，音乐是羊鸣的生命，离开音乐，羊鸣就没法生活。在羊鸣住院治疗期间，王颖智终日守护着他，安慰着他，鼓励着他，用音乐启迪着他。

音乐的魅力无穷。羊鸣毕竟是羊鸣，齐鲁的豪放，北国的深沉，哺育了他不屈的性格，加上他对音乐的执着精神，也许感动了音乐之神，前后治疗八个月，他竟然奇迹般地恢复了记忆，能够有正常的思维了。只是从此落下了一个后遗症：每天晚上离不开安眠药，即使不服用，也得在小药瓶盖里放几粒摆在床前，两眼看着它入眠。

羊鸣病愈后，又和老搭档上西藏，下江南，跑边疆，登海岛，体验生活，寻找他的音乐之神。收获总是属于辛勤的耕耘者。接着，他又与人合作写出歌剧《风云前哨》《忆娘》《女飞行员》《槐花香》《爱与火的四重奏》等歌剧音乐十余部，舞曲《家家乐》等三部，电视剧《赤橙黄绿青蓝紫》等音乐四部；同时创作声乐曲一千余首，发表和演唱的五百多首，其中不乏脍炙人口之作：《山歌向着青天唱》《我爱祖国的蓝天》《春光曲》《周总理永远活在我们心间》《焦裕禄啊，我们的好书记》《银球飞舞花盛开》《晨风吹过机场的小道》《梦中的白云》《女儿心中的祖国》《我幸福我生在中国》；获全国一等奖的有《人民——战士的母亲》《樱桃红了》《生命的绿》等。一一列举作品的题目是很枯燥的，但通过它可以看出一个作曲家对艺术的执着追求，对祖国和人民的一片赤诚。

1987年，在湖南长沙举办的全国五省市歌剧观摩调演中，《爱与火的四重奏》获创作奖。恰在这时，羊鸣的身体状况不好，又有反复。这回他预感到真的要告别乐坛了，《爱》剧是最后一部作品，尽管他对音乐爱得执着，爱得深沉，爱得痛苦，可到这里得打住，该用一个休止符了。他想用奖金请搭档们聚一聚，吃一顿"最后的晚餐"。然而，聚了，但不是最后的休止，而是新的起点。他不想做一个落伍者，他要踏着时代的旋律一起前进，做一名人民群众喜爱的歌手。他在努力着。

那年9月，上海举办了亚洲音乐节歌曲评选，羊鸣作的通俗歌曲《乡音》获奖。有人奇怪地问他：你也对通俗歌曲感兴趣？

我追求艺术歌曲通俗化，通俗歌曲艺术化，所以，我的歌就不会被淘汰。羊鸣说。

各类艺术有许多相通之处。写作之余，羊鸣总爱挎着相机到大自然中摄取美景，如果拍不好，他就说是"配器"没配好：什么取景问题、角度问题、焦距问题、曝光问题；他还爱买爱看烹饪书籍，下厨房做些可口的菜，如果炒不好，他也说是"配器"没配好：什么佐料问题、刀功问题、火候问题，一套一套的。

看起来，羊鸣好像在"玩"，在"吃"，但他绝不仅为了"玩"和"吃"。他要把美景拍出旋律，他要把菜炒出乐感。这话听起来似乎有些荒唐，然而，不然。他认为，无论是拍照片还是做菜肴，都应该和创作音乐作品一样，经得起别人的欣赏和品尝。真知灼见！有个性的艺术家，对艺术的追求，不仅热爱，而且必须成癖，成癖者则成正果。

近些日子，羊鸣已经无暇照相和烹饪，他与创作《江姐》的老搭档阎肃、黄寿康、姜春阳，在北京郊区的一个什么地方"猫"了起来。

做什么？

不知道。但，总有一天会知道——

　　　此鸟不飞则已，一飞冲天；不鸣则已，一鸣惊人。

——《史记》

（原载《名人传记》1993 年 2 期）

树起一座丰碑

一

一轮辉煌的太阳，从 1988 年 9 月 25 日的东方地平线上冉冉升起的时候，一颗璀璨的明珠却自天而降，点缀于首都北三环西路北侧星罗棋布的楼群间。它那乳白伟岸的身躯，同喷薄而出的朝阳相映生辉，格外光彩夺目。这就是令世人瞩目的第十一届亚运会重点工程之一的北京大学生体育馆。

9 月的北京，朝霞如缎，花香袭人。一夜之间，仿佛因为这座宏伟建筑的诞生，而使古城更具风采。

登高俯瞰，整座建筑呈正方形，六十四米见方。四角置四根巨形抗震筒柱，高二十八米，每柱九米见方，八角形状，给人以刚劲挺拔、蒸蒸日上之感。总建筑面积一万二千一百零九平方米，高三层。底层为比赛场地；二三层为看台；内设练习馆和运动员房。宽大的屋面采用彩色轻质复合板，屋顶为三百二十吨重的球形节点钢网架，计时

209

计分用满天星式，有四千一百五十三个可以推拉的活动座椅。顶棚中央采光口隆起，使馆内宽敞明亮。四周有一百零四根钢筋圆柱，用一千四百多块茶色玻璃幕墙镶嵌封闭。馆内装有消音墙。

这是一座用于篮球比赛的多功能比赛场馆，造型美观，既有现代的建筑风格，又有传统的民族气派。从奠基到落成，近七百个日日夜夜，历经春夏秋冬、风霜雨雪，它是勇敢的建设者们智慧的闪光、汗水的结晶、理想的花朵，也是首都的建设者们献给亚运会的一曲圣洁的歌……

二

经过多方努力，争取到了第十一届亚运会承办权的消息由新闻媒介传出时，举国上下无不为之欢欣鼓舞，毕竟这是一次可以在世界人民面前展示自己聪明才智的极好机遇。

然而，当兴奋的情绪从沸点冷静下来之后，许多人又开始犹豫踌躇，窃窃私语：我国目前有能力承办这么大规模的体育活动吗？

并非杞人忧天。

交通、通讯、住宿、安全、各种比赛设施……这些，统统都像是一根链条上的各个环节，环环紧扣，缺一不可。而实际上离要求相差甚远。

这是对国力的检测，这是对民心的衡量。

中国不仅是一个礼仪之邦，中国人民的雄心和胆魄，才是我们这个伟大民族赖以生存的真正脊梁！

要看到差距，要迎头赶上。就在一些人仍然怀疑观望，仍然摇头叹息的时候，确保亚运会如期举行的各项准备工作，已经在一片紧锣密鼓声中拉开了帷幕。

完全没有料及，大学生体育馆——亚运会的重点工程之一，修建任务竟然落到了城建四公司的头上。党委一班人，虽不说欣喜若狂，却也感到受宠若惊，当然也伴有几分不安：四公司是一支年轻的队伍，能否完成这么重大的任务？

会议室里，公司一班人正在召开决战前的形势分析会。窗外寒风飒飒，室内热气扑面。

中国举办亚运会，是多方争取来的！经理林文祥手指下意识地在茶几上轻轻敲击着，说出的话字字千钧：北京市政府领导能把这个任务交给我们，这是对公司全体职工的充分信任，应该感到光荣！当然，这是一个龙头工程，时间紧，任务重，标准高，能否按期竣工，能否拿出一流水平，这就关系重大，责任重大，影响重大！因此，要从我们各位领导的思想上确定这个工程的地位，那就是天字第一号，重点中的重点！

我完全同意！坐在对面的副经理靳连起右臂在胸前有力地一挥，接着伸出两个指头：我讲两个问题，一用人，二组织队伍。干部，要有三不怕：一不怕担风险，二不怕吃大苦，三不怕得罪人。工人，要有四条：思想好，作风硬，守纪律，技术高。而要做到保质量、保安全、保工期、保效应，无论干部或工人，都要求五勤：脑子勤，不能回到家靠在沙发上看电视，躺在被窝里打呼噜，要时刻多想工程上的事情；腿脚勤，要现场到处走，围着工地转，一根木头一块砖放得不是地方也得管；眼睛勤，要能在现场随时随地看出问题，立即纠正；嘴巴勤，发现问题说出来，不可有私心或隐瞒不说；手头勤，不当甩手掌柜，遇事必须亲自动手干。

他的发言，博得一致喝彩声。

究竟用哪一个队承担这项工程呢？

把九队拉上去，怎么样？靳连起提出这个建议，口气是委婉的询问、试探。可几乎没有一个人投的不是赞成票。

在座的人们，对九队的历史了如指掌。这支年轻的队伍正是当年原铁道兵赫赫有名的"雪山铁九连"的后代。二十多年来，虽然人员换了一茬茬，但英雄连队的本色没有变。那一年，在西山建亚洲疗养院时，他们就以能吃大苦耐大劳、挑重担打硬仗、冲得上拿得下而著称，赢得了很高的声誉，令同行刮目相看。

有这样的队伍应该骄傲，用这样的队伍理当放心。

三

可是，当任务一下到九队时，九队顿时开了锅，各种议论沸沸扬扬，并没有让领导那么放心。

当时，九队正在北郊南小区，为中国科学院承建两幢高层住宅楼。一幢楼的主体结构已建到十三层，另一幢也已闯过难关，干完正负零，就是说基础工程已经完成。

建住宅楼，对九队来说，可谓轻车熟路。况且，整个工程到了这个阶段，就等着抓起大把大把的票子往兜里装。实际情况也是这样，每个月，哪个人的奖金少说也在百八十元。这是一块肥肉，衔在嘴里待咽的一块肥肉。

而亚运工程，资金严重短缺，有的靠集资兴建，有的纯属白手起家，能否拿到奖金不说，光大学生馆的短工期、高质量，就够喝一壶的，实在没有多少油水可捞。分明是放弃嘴里的肥肉，硬塞进一块骨头，这骨头真难咽。

平心而论，如今物价涨得飞快，昨天还是几角一斤的黄瓜，今天就是一元多，到小摊上捏几根香菜，一掏也得块儿八角。衣食住行，哪儿不需要钱？要想再搞点现代化，就更甭提了。在这样一个处处都以金钱为媒介的商品经济的社会里，九队的小伙子们想多挣几个钱，自然也在情理之中。

毕竟，这是一个工程转换伴随着思想转换的关口。队长谢建忠，这个1979年从内蒙古穿上军装来到雪山铁九连的血性男儿，同比他资历深的老成持重的队党支部书记徐联合一合计，立即发动全队职工展开了一场大讨论：80年代的青年人，怎么样为国家做贡献？

犹如在沸腾的油锅里又撒进了一把盐，议论纷纷，莫衷一是。

咱干的活儿，又苦又累，又脏又险，想多挣几个钱，有啥不对？

干多少活儿拿多少钱，这叫等价交换；光干活儿少拿钱，算什么事儿？

213

社会上也有一种偏见：改革开放，建筑行业繁花似锦，生意兴隆，建筑工人拼命干，不就是为了多拿钱吗?!

不讲钱不现实。谢建忠的话是客观的，但态度也是非常坚定的：只为钱干活儿，这不是我们80年代青年人的追求！

对，国家兴亡，匹夫有责。

思想通了，气顺了，说起话来也就有风度，有热度，有高度。徐联合一看，正是火候，便来个趁热打铁：

这样吧，每个人写一份决心书，就说说愿不愿进亚运会工地，以什么姿态进亚运会工地。

嗨！徐联合呀徐联合，你可是真会搞"联合"！有人手捧决心书，嘴上开玩笑。

愿。

干。

豁出去了。

工程不拿下，不回家亲老婆。

受得了吗，可别想出毛病啊。

去你的，比比看，谁他妈是真正的男人。

没有豪言壮语，有些话近乎粗鲁，但能看得出，每句话都是发自肺腑的，真正心底的声音。在战场上，嗷嗷叫的部队，一定是个胜利之师。

四

发扬拼搏精神，为亚运会献青春，为"七五"计划做贡献，为首都建设添光彩！

当这条大幅标语在工地的上空升起的时候，它向人们庄严地宣告了一个难忘的日子 —— 1986 年 11 月 2 日，北京大学生体育馆正式开工！

在这一天，二十七岁的队长谢建忠率领着由二百五十四名青年工人组成的承包队，像一队征战的勇士，浩浩荡荡开进了工地。推土机、挖掘机、起重机……隆隆轰鸣，奏响了亚运会工程建设的第一支威武雄壮的战歌。

严冬施工，困难可想而知。朔风怒号，天寒地冻，呵一口热气，胡楂上立刻结一层冰霜。冷风扬起干燥的沙尘，到处飞扬，小伙子们得戴着风镜干活儿。戴着手套作业不灵便，只好光着手，可手背上被凛冽的寒风吹割得裂开一道道血口。临时搭起的工棚，没法生火取暖，送到工地上的饭菜差不多被冻成了冰坨坨。渴了，想找口热水喝也很难。

实在对不住大家。队领导见状，直给大家道歉。

没关系，面包会有的！乐观的小伙子们却大度地说笑着，对环境的艰苦毫不介意。

这就是希望，这就是力量。

常言道：万丈高楼平地起，基础工程最关键。工程正一天一天、一步一步地艰难地向前推进着。就在给馆的四角抗震筒柱打基础时，意外地碰上了两口枯井。这是基础施工的大忌，也是工人们挠头的事情。如不挖，有虚土，影响整个工程质量，甚至影响到子孙后代；往下挖，冰冻如铁，一镐刨下，"咚"的一声响，只在冻土层上留下一道

215

白印。

困难难不倒英雄汉。支书徐联合亲自下到枯井里，带头一镐一镐地刨。干部的行动，是无声的命令。二十多人，编成组，几班倒，人歇镐不停，镐歇人不停。手被冻僵，虎口震裂，一滴一滴的鲜血滴落在奠基的土地上。青年工人龙正才双手多处裂口，疼得掉泪，仍不听劝阻，越干越欢，并自觉以前辈为镜，他说：在修建中尼铁路时，有人不惜流血牺牲，相比之下，我这点伤算不得什么。两个多月连续作战，硬是将两眼深十多米的枯井挖开，掏出一千一百多立方米淤土，接着又推来相同数量的混凝土和回填土，为整个工程的顺利进行铺平了道路。果然，经过艰苦鏖战，全部基础工程，提前六天完成。谢建忠青年承包队，"雪山铁九连"的后代，名不虚传。

从打完第一个攻坚战，副经理靳连起，这个50年代北京青年突击队的队长、今天的现场指挥组的总指挥，似乎有了个令人兴奋的发现：这支年轻的队伍，看来大有希望。

五

当一幢幢高楼拔地而起，现代都市日新月异的时候，人们会发自内心地感叹：建筑工人，了不起！当一家家从拥挤的小屋搬进宽敞明亮的新居，过着舒适美满的小日子的时候，人们也会发自肺腑地感激：建筑工人，真伟大！

了不起！

真伟大！

216

这并不是廉价的溢美之词，而是建筑工人们用自己勤劳的双手和无私奉献创造出巨大的社会财富赢得了人们由衷的赞颂、真诚的爱戴。

当然，也不是所有的人都这样赞扬建筑工人。

在谢建忠承包队里，至今还有十几个小伙子没有找上对象，都已是大龄青年，被列为困难户。是现代姑娘眼中的"二等残废"？不是。是他们自个儿不想建立一个幸福的小家庭？非也。他们是人，是正常人，是正常的年轻人，年轻人的幻想是美丽的。要是劳累一天，回到家中，哪怕妻子送来一个甜甜的吻，一个妩媚的笑，所有的疲劳都烟消云散，那会是一种什么滋味。节假日，同心上人湖中泛舟，月下漫步，即使看着情人撒撒娇、斗斗气，那也是一种享受。

偏偏，爱情就和他们无缘。没有哪一位多情的姑娘情愿把绣球向他们抛去。如有哪位热心的红娘对姑娘说，嫁给当建筑工人的小伙子吧？姑娘嗑着瓜子，嘴一撇，"呸"的一声连瓜子皮儿一起吐出一串硬邦邦的话来：德行！城市农民，下里巴人，土老冒儿，癞蛤蟆还想吃天鹅肉，嘻！

姑娘，话可不能这么损，你住的房就是这些城市农民、下里巴人盖的。

该！

爱是伟大的，你还不配哩！

我本来就渺小，拜拜。

人与人，思想的沟通，感情的融洽，重要的是相互理解，彼此尊重。但，做到，很苦，很难。技术员李选信，

217

小伙子二十七岁，要技术有技术，要文化有文化，要长相也不差，高高的个头，结结实实，精精神神的。领导和同事们多方帮忙，给他介绍认识了姑娘小E。经过几次接触，小E对他不仅有好感，甚至很满意：这人诚实，而诚实的人不多。姑娘的想法有些偏激，但也不无道理。爱到了偏激的程度，说明了爱的人也很真诚。

只是，在后来的幽会时，小E既欣喜，又忧郁。有时，话到嘴边，欲言又止。

有什么心事？小伙子问。

姑娘摇头。

不喜欢我了？

讨厌，瞎猜什么！

家里人不同意咱俩的事？

姑娘犹豫再三，吭吭哧哧地问：能调调工作吗？

干吗？调哪儿去？小伙子不解。

改改行，要不然到公司机关，行吗？姑娘说得很轻，生怕伤害对方的自尊心。

其实，李选信的自尊心已经被伤害，他非常直率地对姑娘说：我是学建筑的，离不开建筑工地。

不能再考虑考虑？

我喜欢这个职业。

就因为它苦，它累，它脏？

是的，可这些总得有人干呀。李选信心里有火，没有发，压住了，心想：姑娘是爱我的，只是对我的工作不喜欢，以后慢慢做做她的思想工作，相信会改变看法的。于是，他嘿嘿地一笑：说真心话，我爱你，也爱我的工作。

我不配！姑娘一扭头，走了，老远，还在身后留下一句话：祝你的事业兴旺发达，雷锋哥哥！

爱情，到底姓什么？李选信看着小E的背影，吹了？失望，愤怒，大吼一声，挥拳砸在梧桐树上，一只小鸟画着弧线飞去，几片落叶随风飘零。是怎么走回宿舍的，他自己也不太清楚。

打那以后，他把所有的爱与恨，都倾注到了工地上。分管的工作，玩儿命地干，用这种方法排遣自己的烦恼。渐渐地，他仿佛内心里感激起那位小E姑娘：也许她是对的，爱情和事业，能做到两全是不多的。

接受上回的教训，又一个姑娘和他相识了。头一次见面，李选信就单刀直入，亮出自己的底牌：我是建筑工人。

听说了。

干我们这行的，又苦，又累，又脏。

听说了。

眼下，我们正在承建大学生体育馆，工程特别紧张，没日没夜地干……

电视上都播了，为亚运会添光彩嘛。姑娘的目光热热的，话语甜甜的：等建好那天，你给我弄张票，我要第一个进去看比赛，行吗？

你真好！

一个星期天，姑娘给李选信打电话，让他下午4点半到公园约会。

好啊！

3 点多钟，李选信西装革履，对着镜子修饰一番，兴冲冲准备赴约，心里一高兴，嘴里哼起了改了词的《小花》插曲：妹妹等哥泪花流，不见哥哥心忧愁……

刚要出门，却被一名钢筋工堵住：不好了，筒柱位移，你老还得亲自出马呀！

去你小子，少给我耍贫嘴！李选信一听出了问题，飞身来到工地，登上高高的脚手架，查明原因，组织工人，重新绑扎。

等一切都处理完，已经过了约会的时间，当李选信一路小跑，气喘吁吁地来到公园，早已没有女朋友的身影。

翌日，李选信心里一直感到不安，给对方打电话，说明意外的情况，以求她的原谅。这姑娘大概是个急性子，还没等他把话说完，就生硬地质问：今天你就这么不守信用，赶明儿结了婚，不定会哪样捏鼓呢！得，没法再谈了，您另请高明吧！

啪！断了。

姑娘的爱是执着的，可执着到褊狭、自私的地步，则是不足取的。假若她能多一点儿理解，多一点儿宽容，也许一切都会和谐而美满。

每当说起和这个姑娘分手，李选信都会流露出一些惋惜之情。但是，他也说，如果那次如期赴约，恋人高兴，甚至今天已经结了婚，有了一个美满的小家庭，而工程质量出现了问题，他会为此抱憾终生。

至今，李选信仍然"跑单帮"，在他爱的梧桐树上，何日才能飞来金凤凰？

即使有了女朋友，要想朝夕相伴，形影不离，那也是难上加难。施工时，任务一到，压倒一切，一个接一个，限工限时，绝对不能拖延，哪怕一个人耽误，也可能使整个工程的进度受阻。因此，每到星期六，工地电话间里总是排着长队，多为给女友打电话的小伙子们。

对不起，今晚的电影不能陪你看了，要加班。

明天我有任务，不休息，请原谅。

喂，别生气呀，亲爱的！

平日啥都不怕的大小伙子，现在也不得不变了副腔调说话，柔声细语，甚至带有几分哀求。

在这个行列里，也有队长谢建忠。他的对象是大华衬衫厂的女工小张。两人相爱后，见面机会并不多。小张性格内向，平时沉默寡言，偶尔见面时，说话也不乏幽默：谈恋爱谈恋爱，不谈怎么爱？

那倒也是。建忠憨笑笑：不过，真心相爱的人，不谈也能爱，无心相爱的人，再谈也不爱。

咱俩属哪种？

当然是"真心"喽。

滑头！小张用指头在他鼻尖上轻轻一点：真会找借口！

是的，时间对谢建忠来说，实在太宝贵了，就是变成三头六臂，似乎也不够用。偌大一个工程，千头万绪，身为一队之长，自然就比别人多了一份责任，什么事情都应该想到、看到、问到、做到，所以，白天黑夜节假日，他的心都拴在工程上，有空没空都到工地上转悠。有几次，小张买好电影票约他一起去看，但建忠都因工作忙，不能

221

脱身。好心的朋友劝他：

挤点时间，陪陪人家姑娘吧，免得夜长梦多。

我是豁出去了，理解咱就继续谈，不理解拉倒，反正我没空。建忠的话有些倔，倒也是实情。

小张见别的情侣双双对对，花前月下，相依相随，心头也有过一些惆怅，但从没有公开责怪过建忠，也立下誓言：我也豁出去了，你有工夫了，找我看电影我就看，不找就算。

没找，一个月没找。

没找，一年也没找。

没找，在他们近两年的恋爱中，谢建忠没有和小张一起看过一场电影。

因为，在近两年的时间里，谢建忠就没有休过一个星期天。

是不是有些过分？

不论谁当队长，也得这么干。谢建忠回答。

结婚，是人生之旅的一件大事。今天，二十八岁的赵国范和二十四岁的董迷姣共同栽下的爱情之树，就要开出幸福之花——喜结良缘！

婚礼在下午举行，虽然是一种形式，也是必要的，它既证明这一对夫妻的合法性，又能让大家聚在一起尽情地热闹一番。两间屋装饰一新，前来祝贺的亲朋好友络绎不绝。新娘董迷姣面带微笑，给来宾们拿烟递糖，忙个不停，可她心里却越来越不安，好像揣了一头小鹿。直到现在，新郎还没有露面。

出什么事啦？小董心里纳闷：说得好好的，举行完婚礼，就赶6点半的火车去外地度蜜月，这么大的事，会忘了？

墙上贴着红"囍"字的挂钟，像往日一样不紧不慢地走着，可小董每看一次时间心头就一颤，不是嫌它走得太快，就是嫌它走得太慢。

已经4点半了，国范怎么还不来？

再拖延，上火车就不赶趟啦！

有啥事不能让别人帮？这当新郎就得自己来啊。

嫂子，没关系，大哥再不来，我替他和你拜天地，干不干？哈哈哈！

满屋哄笑。

此时，新郎赵国范比谁都着急。因临近春节，需要他结算班组承包合同单。这事只有他清楚。直到快5点，他才满头大汗把合同单结算完，在同事们的催促下，匆匆离开工地。

将近6点钟，小董接到国范从北京站打来的电话。放下电话，她来不及和亲友话别，拎起提包直奔火车站。等小两口会面时，要乘的那趟火车早已开出了北京站。

嘿，这婚结的！国范苦笑笑，觉得实在对不住新婚的妻子。

傻样儿！迷姣拽着丈夫的手：咱回家吧。

六

馆体结构，是整个工程的第二战役，1987年4月打响！

223

春光丽日，桃花泛，柳枝绿，和风拂面，撩人心醉，正是施工的黄金季节。

一年之计在于春。指挥组要求，抓紧大好时机，周密部署，缩短工期，长计划，短安排，昼夜不停，流水作业，当天任务当天完，完不成任务不下班。

响亮的口号，一呼百应。

到底是一支英勇善战、打过硬仗的队伍，处处都能看见"雪山铁九连"的作风。

全队二百五十四名职工中，有一百二十多个家在外地，夫妻分居，牛郎织女；一条银河隔两边，相聚的日子不多，这给家庭生活造成了许多困难。特别是节假日或农忙时，矛盾尤为突出。每当这种时候，尽管队领导千方百计予以照顾，可是在重要施工的关键时候，也就力不从心了。

这不，青年工长魏小明，手拿妻子的电报，正左右犯难：

回家收麦。

他家住古城西安郊区的农村。两年前，村上分给他家五亩承包地。六十多岁的老母和三岁的孩子，都得靠妻子照料，琐碎的家务和繁重的农活儿都压在妻子单薄的肩上，一个女人家，是多么不易啊！可为了支撑这个家，她起早贪黑，披星戴月，脸朝黄土背朝天，承受的痛苦和艰辛，真是难以名状。

每年一次探亲假，他都留在农活儿最忙的时节，好回

224

家帮帮妻子，她实在太苦了。

今年的麦收季节又到了，妻子老不见他回去，就急着拍来电报催促。

回？工程正进入灌注混凝土框架结构的阶段，自己身为混凝土工长，怎么能离开呢？

不回？到手的麦子，是全家人的命根子，不赶好天抢收完，遇上阴雨天，一旦泡了汤，妻儿老母怎么活？

进退两难，如何是好！

正当他在犹豫不决之时，妻子又拍来第二封电报，还是加急的：

　　见电速归。

领导是通情达理的，支书徐联合对他说：施工是紧张，可你家里的事也不轻松……

家事国事都是事，可总有个大小之分。魏小明二话没说，把电报揣进兜里，转身上了工地。

第二天，他向同乡借了一百五十元钱，连同自己手头上的一百元，一起寄回家。同时，又给妻子写了一封长信，说明原委，请求谅解：

　　……眼下正是节骨眼儿上，工地上的活儿实在放不下。要是因我回家影响整个工程进度，别人不说，你也会骂我一辈子的。你的老底我清楚，觉悟不算太高，起码也不在我之下。本人郑重声明，这可不是当面奉承……闲话少叙，书归正传，寄上这点儿钱，请人帮帮忙，也聊表我对你的一片爱心……

他想尽量把信写得轻松些，却不由越写鼻子越发酸，泪水和墨水一道在纸上流淌着……

不几天，妻子来了信，问：女儿都快四岁了，至今你到底给过她多少父亲的爱？

这是最简单的问题，也是最难回答的问题。魏小明已经把它深深地印在了脑子里，他盼望着这一天，用行动给妻子写回信。

如果说对爱的理解是广义的，那么，魏小明已经用自己的行动，给了妻子一个圆满的回答。

在工地上，像魏小明这样为工作顾不上家的人，不胜枚举。架子工工长朱吉贤，家中的房子被邻居家倒下的危房压塌，造成严重的财产和精神损害，引起了邻里纠纷。四封电报两封信，带着愤怒，带着悲伤，带着委屈，带着希望，十万火急，从老家江苏飞到大学生体育馆的施工现场，催他火速回去处理。

每当朱吉贤捧着电报或来信，就仿佛听到了母亲和妻子的哭泣声，看见了全家无处藏身的凄凉景象。

回去，不打赢官司，决不回京！朱吉贤怒火中烧，恨不能一步跨进家门。可是，冷静一点，为对方想想，他又觉得不忍心：人家的房子也倒了，难道就不痛苦、不困难吗？将心比心，唉！

在自己痛苦时，没有忘记别人的痛苦，这不正是一个共产党员的可贵品德吗！

见他迟迟不回，全家人愤懑已极，突然掉转枪口，由"外患"转为"内乱"。母亲、妻子、哥哥、嫂子、姐姐、姐夫，团结起来，众志成城，联名给队领导写了一封"告状信"，向朱吉贤下最后通牒：三天之内，如不到家，断绝一切关系！

事态发展，如此严重。

怎么办？领导问。

照理说，我该回去看看。朱吉贤的话是诚恳的：只是，基础结构已完，正转入主体结构施工阶段，脚手架没搭齐，别的活儿没法干呀。

不，立即回去，妥善处理，家里安排好再回来，只有放下包袱，才能轻装上阵嘛。快走，火车票已经帮你买好。

是！他一激动，双脚跟一磕，给队领导敬了一个标准的军礼。至今，他还是一个不穿军装的军人。

刚回到家，迎面就是一场暴风雨：母亲责骂，妻子哭诉，姐姐、姐夫埋怨不休。

嫂子不忍，劝道：人也回来了，都消消气吧，该合计合计家里的大事了。

在家的几天里，朱吉贤的心总是被工程牵挂着。他一天天算日子，想进度，思谋下一步的进展。终于，家里的事刚处理出点儿眉目，他就迫不及待返回北京。

领导和同事们见了，掐指一算，整整提前回来十五天。不知是谁，有甜有酸地骂了一句：

这小子，真他妈革命，嘿！

不错，这样的"革命"不见轰轰烈烈，委实也不是什么了不起的壮举，只不过小事一桩。可就是这样的小事，却像一个窗口，通过它能够透视出一个人的心灵：高尚？卑贱？泾渭分明。

青年工长重庆，一个藏家的后代，巴山蜀水养育了他的敦厚，也养成了他的倔强。家中的老阿妈双目失明，想儿子想出了病，给重庆来信说：

> 阿妈没眼睛，不能到北京城看你了，你回趟家，让阿妈摸摸你的脸，是胖了，还是瘦了？让阿妈听听你说话的声音，还像不像小时候叫"阿妈"那样好听？

重庆给阿妈写回信，讲了许多好听的话，九九归一：忙。

没有回。

阿妈又给队里拍电报：

> 母病重速归。

重庆，别磨蹭，快回！队长谢建忠手拿电报，催他。人心都是肉长的，老人家想你啊！

重庆一把摘下头上的安全帽，往前指了指：工地上一大堆活，我走了，谁干？

我找人顶替。

一个萝卜一个坑，顶替我的人，他的活儿让谁替？

是实情，工地上，只有多余的活儿，没有多余的人。可你不能伤老人家的心哪，你一人伤她的心，就等于我们全队人伤她的心。谢建忠的话情真意切。

放心，等大学生体育馆建成，我拍张照片带回去，让阿妈一起看看，儿子在北京是干正经事情，干大事情。

好兄弟！谢建忠，一个刚强的汉子，此时眼圈都红了，他为自己有这样的战友而骄傲。但，谢建忠毕竟是谢建忠，他不愿把时间花在磨嘴皮上，有那个工夫，还不如去多干点儿活儿。因此，他的工作方法也就既简明扼要，又简单粗暴。他问：你到底回不回去？

不回！

反了你了！谢建忠铁青着脸，抓过重庆的安全帽，使劲掼到地上：从现在起，不派你的工！

无奈，重庆几乎是被赶着推着回了家，心却留在了工地上。没几日，见阿妈的身体有好转，重庆未等假期满，又一阵风似的卷了回来。登上脚手架，环顾四周，面对紧张忙碌、热火朝天的施工现场，他情不自禁地放声大喊：哥们儿，我回来啦！

什么叫真正的爱？一个人可以有十种理解，而十个人绝不会是一种回答。在大学生体育馆紧张施工的日子里，许多工人都未能尽到儿子或丈夫、女儿或妻子的义务。蹩脚的心理学家分析：每天和钢筋、石头打交道的人，久而久之，都将被物化成铁石心肠。甚至搬来例证，以诠释这种观点。不幸的是，在事实面前，这种观点便不攻自破了。

党支部副书记徐应实的七十岁高龄的老母亲，不顾炎热，千里迢迢，从广西来到北京，专程看望儿子、儿媳。当然，也想在晚年亲眼看看伟大首都的名胜古迹。

走出北京火车站，老人被儿子搀扶着上了公共汽车，开往公司宿舍方向。沿街，各式建筑、大小车辆、熙熙攘攘的人群和绿荫鲜花……宛若一幅流动的画。老人家一辈子也没见过这么美丽的景致，嘴上直念叨：北京城真大，真好看。

歇了两天脚，老人坐不住了，总想出去走一走，要把北京城逛个遍，瞅瞅究竟是啥模样儿，心里说：咱一个乡下老太婆，能上北京，福气。

可是，儿媳正在月子里，不能出门；儿子整天整天不归家，打个照面也很难，哪天夜间回来都是一身泥一身汗。老人看得出，工地上活儿正忙，不能给儿子再添乱。

一天上午，老人家手上的活儿忙完，闲着没事儿，想一个人出外看看好风景。她沿小巷步履蹒跚地来到胡同口，一下子进入了一个花花绿绿的世界，眼花缭乱，连东南西北也分不清，吓得忙转身，踩着刚才的脚印又回到了屋里。从那以后，就再没敢一个人走出小胡同。

这一切，徐应实看在眼里，难在心头：大热的天，老人家来北京一趟不容易，说不定这就是最后一次，要是能抽空陪她逛逛公园商店，看看风景名胜，也了却老人的一桩心愿，尽了儿子的一份孝心。可是，他分管指挥的大学生体育馆的训练馆的工程，正处于结构收尾的关键时刻，实在不能离开啊！尽管他深感不安，甚至非常难过，觉得在感情上欠下母亲的债永远也无法还清，但他还是没有离开工地一步。真乃铁石心肠！古往今来，对自己追求的事业一片痴情的人，对个人的事情常常是不为所动，伟人和凡人，均无例外。徐应实，就是。

世界上充满爱心的人，是母亲；世界上善解人意的人，也是母亲。老人家来京住了二十三天，人生地不熟，徐应实又没能腾出一天工夫陪着上街走一走，连天安门也没有看上一眼。7 月 30 日晚，他把母亲送上了归途。临别时，老人家拉着他的手，语重心长地说：儿呀，妈是一个明白人，你的心思，妈懂！妈老了，不能帮你搬块砖添块瓦，妈也不能拖累你啊！快回吧，工地上正忙呢。

妈，儿子对不起你！

铃声响了，徐应实含着眼泪向母亲挥手告别。他在站台上目送着列车缓缓启动，很快便消失在苍茫的暮色之中。列车带走了他的思念，留下了他的遗憾……

七

龙年春节。春节是我国的传统节日，千家万户，普天同庆；亲朋好友，欢聚一堂。大街小巷，张灯结彩，整个北京城披上了节日的盛装，沉浸在一片欢乐之中。

每逢佳节倍思亲。谢建忠率领的这支队伍，来自全国二十一个省、市、自治区，真正的五湖四海。百分之九十的外区工人都是两地分居。此刻，哪一位的亲人不正翘首

231

以待，盼望他们早日返回故里，合家团聚，共享天伦之乐？

然而，大学生体育馆的工程正处于攻坚会战阶段，要为下一步的装修高潮创造有利条件。为了抢时间，赶进度，春节虽到，工程却不能停顿。终于，二百多人开进了工地，可龙年的春节却悄悄离他们而去。

大年初一，中午，靳连起副经理和特来给父母拜年的儿女们，坐在一起高高兴兴地吃了一顿团圆饭。推开碗，抹抹嘴，连女儿端上来的一杯刚沏的热茶都还没喝完，就起身要上工地。

老头子，你疯啦？老伴儿在一旁不依，埋怨道：你想想看，都连着几个春节没跟家人在一起过啦？！

想起来的，就有三个春节。

1985 年春节，靳连起在丽都饭店工地上度过；

1986 年春节，靳连起远离祖国，因工作来到了新加坡；

1987 年春节，靳连起站在了大学生体育馆基础工程的现场。

今年的春节呢？

说啥你也要在家好好过个年！老伴以家庭总指挥的口气下令道。

爸爸，再忙也不差这几天，您一年到头连轴转，也该喘口气了。儿女们央求。

靳连起笑呵呵地对老伴和儿女们说：小伙子们都上了工地，我在家能坐得稳？我身为现场总指挥，可总不能运筹帷幄之中，决战工地之外吧？

说着，提起安全帽，走了。

每个人特有的事业心和荣誉感是这个英雄集体的一面镜子。在施工现场，到处可以听到这样一句话：为亚运工程献青春，为首都建设添光彩！如果说这是豪言壮语，倒不如说是行动的准则，一言一行，都要用它去规范。

张荣德师傅从事安全工作已有二十多个春秋，向来一丝不苟，任何危及安全的疑点也不会放过。年初二，一大早，他骑上自行车，顶着刺骨的寒风，早早来到工地上，查看安全设施，自己动手，在工程关键部位架设安全网，加固脚手架，像给出征的战士检查行装一样，对工人的安全帽、安全带逐个进行检查。

一个青年工人，用棉毡加玻璃丝布做管道保温，瘾君子的烟瘾发作，四下里瞅瞅，没人，偷偷地点燃一支烟，有滋有味地吸了起来。

掐掉！不知什么时候，张荣德不声不响地站在他的身后，一声断喝，吓得他猛地回头，失声惊叫：哎哟！

胆大包天！张荣德一把揪住他的耳朵，边拧边骂：安全条例学没学？

学过。

违者？

必究。

那好，写完检查，再罚款。

张师傅，您老人家心明眼亮，我服了！小青工双手作揖，点头如捣蒜：您饶了大侄子这一回，我这就给您老磕头拜年，祝您老人家福如东海长流水，寿比南山不老松！您老心肠好，一定能走大运、发大财、当大官……

233

少给我耍嘴皮！张师傅对他严厉地批评道：国家三令五申抓安全，咱公司安全工作没少抓，可像你这号主儿，把安全当儿戏，要是出了事，哭都来不及！一粒火星，能烧掉一幢楼，懂不懂？

懂，懂，这叫"星星之火，可以燎原"，师傅，对不？嘻嘻。

少给我嬉皮笑脸！下回再叫我撞见，看怎么收拾你！

好吧您哪！

为了节日施工的安全，张荣德师傅早出晚归，一天不落。家里来了客人，喊也喊不回去。

老伴儿对他既心疼又生气，逢人便说，我家这个死老头子，一天到晚，就知道念他的安全经。

春节前夕，夏明禄收到父母的来信，催他今年无论如何也要回四川老家，过一个团圆年。

夏明禄二十岁参军离家，已经在外工作了十七个年头。前两年春节，都因施工任务紧，没有离得开。这个春节来临前，他是下了决心的，一定赶回家，哪怕能在除夕夜和二位老人一起吃顿年饭，心里也就踏实了。

不料，大学生体育馆的施工进入了紧张关头，他的心又被拴在了工地上。作为突击队的战士，不能在此时当逃兵，给自己的脸上抹黑灰。他暗自思忖：在这个队伍中，不管是谁，只要置身沸腾的工地，登上高高的脚手架，头顶蓝天，脚踏大地，就感到自己与这支队伍融为一体了，只有集体的荣誉是至高无上的，个人的得失统统都算不得什么了。这是"雪山铁九连"过去的历史，也是"雪山铁

234

九连"今天的写照。要对得起"雪山铁九连"的过去和今天，必须从一点一滴严格做起。夏明禄把心里想的，写到信上，寄回家中：

> 亲爱的爸爸妈妈！……三个春节，没在你们身边度过，这不是做儿子的心狠。你们常来信说，我是国家的工人，应该多为国家想想……我们承建的大学生体育馆，是亚运会的重点工程，工期这么紧，我实在不忍心扔下不管啊！你们都是通情达理的人，儿子这样做，不对吗？……

有这样的队员，组成了这样的队伍，打不垮，拖不烂，永远都将立于不败之地。他们承建过许多重要工程，每一项工程都是一部生动的历史，几十年征战的赫赫功绩，都浓缩在其中。

八

大决战的时刻到了。

1988 年 3 月 12 日下午，城建四公司七百多人，在大学生体育馆里，吹响了冲锋的号角——总公司副经理孔庆彬在誓师动员大会上，号召全体参战工人树立施工紧迫感和为公司争第一的集体荣誉感，提出了"大干九十天，确保大学生体育馆提前竣工"的响亮口号。

士气大振。

工程总指挥靳连起和指挥部的所有成员，又召开了诸葛亮会议，共商大计，制定相应对策，采取保证措施，当即编排出一整套详细的综合进度计划：以日保旬，以旬保月，当天任务当天完；加强组织领导，调集精兵强将，实行交叉作业；落实责任制，一般项目下达任务书，关键部位实行风险承包。

　　这一套计划，单从字面上看，丝毫不见有什么惊人之处，可是，一旦执行起来，你便跟着它像陀螺一般不停地运转起来。单就"当天任务当天完"这一条，也足令许多人生畏。

　　但是，站在工地上的每一条汉子，似乎都是用特殊材料制成的特殊的人。他们对待亚运会工程的那一颗赤子之心，用任何美好的文学语言来形容和描绘，也会显得苍白无力。

　　今年三十二岁的钢筋工班班长刘正军，家住北京西郊玉泉路南石槽村。上班时，从西郊至北郊，途中得倒三趟车。大城市普遍乘车难，北京也不例外。赶在上下班高峰时，乘车难上难。他光是坐车，顺利时得耗掉三个多小时，不顺利呢？那可就没准了。尽管如此，几年来，无论春夏秋冬、风霜雨雪，他都坚持提前一刻钟来到工地上，还和当年穿着军装时一样。一日做到，不难；几年如一日，不易。即使在农忙时，妻子要忙地里的活儿，不到两岁的孩子由他照料，为了不耽误上班，每天清晨，他都早早起床，把熟睡中的孩子抱到相隔半里多地的岳母家，然后再匆匆去赶公共汽车。刘正军仍不愧是一名真正的军人。这正是

236

一个普通共产党员的不普通之处。

有一回，孩子生病，发高烧。妻子刁凤英央求正军陪她一同送孩子到医院看病：孩子的病不能耽误，今天你就破破例吧？

摸摸孩子发烫的额头，看看妻子含泪的目光，正准备离家上班的刘正军犹豫了。做父母的都爱自己的孩子，独生子更是父母的掌上明珠。刘正军视子如命根，孩子有病，哪能不管！

不过，一想到施工，人人都在做最后的冲刺，唯有自己没上工地，倏然间，他又觉得很不安。

上工地？应该。

去医院？没错。

两种想法，同时在他的心头厮打着。刘正军突然责骂起自己来：没出息，遇上这么点小事，难道就没有了主张？

快走哇！妻子催促道。

凤英，你等着！刘正军飞身出了门。他一路小跑着来到岳母家，见了妻妹，讲明情况，求她伸出援助之手。

对不起，我也要上班。

嗨，妹妹，耽误的工钱，我给你发，怎么样？

得，瞧你没白天没黑夜地挣那俩子儿，还不够我买瓶"斯丽康"哩。妻妹说归说，还是替他解了围。

在赶往工地的路上，刘正军总觉得有一张发烧的红红的小脸蛋儿在眼前时隐时现，禁不住内疚地自语道：乖孩子，爸爸对不起你！……

大干九十天，确保提前竣工，已经变为每个人的自觉行动，因此，在大学生体育馆工地上，类似刘正军的"对不起"的事，也就不再寥寥无几了。工程技术人员，他们的付出，令每一个有情者为之动容，难以忘怀。工程师张大为是技术"老总"，工作一丝不苟，审查草图，从不含糊。他离不开工程，工程同样也离不开他。暑假时，他的十二岁的孩子准备升中学，有些课需要辅导，如果他能抽空辅导真是再好不过。可偏遇大学生体育馆抢工期较劲的时候，哪有工夫顾及孩子的功课？在妻儿的"抗议"声中，他灵机一动，以每小时四元钱的酬劳，请了一个老师到家里定期辅导，而自己却清早出门夜晚归来，像钉子一般钉在工地上。

我也有望子成龙的思想，理应为孩子的升学尽一份父亲的责任，可总是想到做不到，没有时间。张大为说时很动情，也很实际：孩子进步和工程建设，都是大事，可我难以两全哪。将来有一天，孩子因为我没尽心而不成器，即使恨我一辈子，我也认了；可工程上如果因我而出毛病，造成国内国际的影响，我还有什么资格面对江东父老！

他说得坦诚。

他做得坦然。

这不就是奉献者的风采吗？

真正的风采！

照理说，谢银根忙乎了几十年，这会儿可以名正言顺享享清福了。没有。自从大学生体育馆的开工炮响之后，他就在工地上和小伙子们扎了堆。他是正经的老布尔什维克，50 年代以技术骨干的身份参加了人民大会堂工程建设大会战。尽管身体还好，技术也精，但毕竟是大大超过了工作的年龄线，从处主任的位置上退了下来。他能想得开：退下来，让年轻人早点儿成熟，也好。当然，他也有想不开的时候——北京城发生的巨大变化，他是见证人、参与者，许多重大工程他都洒下过汗水。一辈子跟泥土打交道，这种恋土情结要一下子解开，真难哪。

正在这时，有几家施工队瞄准了他的一手木工绝活儿，以每月优于他退休金数倍的高薪聘请。尽管时下有人喋喋不休地宣扬"金钱万能"，也有人为金钱煞费苦心甚至不惜用生命做代价，但它并未使谢银根心有所动。他婉言谢绝了多方聘请，毅然来到大学生体育馆的工地上，参加亚运会重点工程的建设。在有生之年，能亲自为中国体育和世界体育运动尽点儿力，这是千载难逢的机会，以后恐怕不会再有了，毕竟年岁不饶人啊。他总是对自己、对别人这样说。

在工地上，每个人都是一根顶梁柱，而谢银根和谢建忠——老谢和小谢，堪称靳连起总指挥的左膀右臂、得力干将。哪里有硬仗，他们就带领着一支队伍出现在哪里。铺设大厅木地板，要用几万块长一点五米、宽四点五厘米的木条拼接，施工质量要求严，偏差只允许三毫米。谢银根主动请缨。靳连起早有预料：没有金刚钻，不敢揽瓷器活儿，这个任务非他莫属。尽管他手下的能人很多，他还是这么想。

木地板施工有三道关键工序：打垫层，钉木龙骨，铺木板。每道工序施工前，谢银根都要给年轻人做示范，精

239

细地测量平直度。这是细活儿，要"蹲功"，一天下来，腰酸腿痛。许多人总见他一只手捶着后腰走路，不忍心，都劝他，别像年轻人一样玩儿命。他的回答总是微微一笑，该干啥干啥。

7月，亚奥理事会单项体联负责人参观了刚完工的木地板后，竖起大拇指，连连称赞：一流的，这是世界一流的！

在大学生体育馆工程的英雄谱上，有功之臣，犹如灿烂的群星：

"材料大王"王世成，为保证工程上材料不短缺，足迹踏遍大江南北；

"质量警察"张有铭，铁面无私，六亲不认，以"信得过的质量检查员"而著称；

至于"革新能手""安全总管""拼命三郎""节约标兵"……如架上的葡萄，一嘟噜一嘟噜，数不胜数，即使妙笔生花，详细道来，也只能是挂一漏万。他们的名字，已经和1988年9月25日竣工的北京大学生体育馆一起，被永久地载入了中华民族的光荣史册。

城建工人们，用智慧和双手，为中华民族建起了一座又一座丰碑。如今，北京大学生体育馆，就是这如林的丰碑中的一座丰碑！

国家重点建设青年突击工程——团中央命名；

80年代优秀青年突击队标杆——北京市命名；

亚运会献青春建功杯——同行业工程评比中获得。

奉献者有所得，耕耘者有所乐。谢建忠被评为北京市优秀青年指挥、北京市劳动模范，他带领的承包队被命名为"谢建忠青年突击队"。

90年代的第一个春天，谢建忠作为中日友好城市青年参观团的成员，于早春二月飞赴樱花之国参观访问。一天，他在东京下榻处的繁华街头漫步时，为参观团当向导的日本姑娘突然用流利的中国话问谢建忠：先生，此刻你在想什么？

谢建忠感到有些突然，略加思索，笑着指指脚下：我想，就在这里，为贵国建一幢世界最高的大厦。

姑娘笑了，但心中愕然，心想：此人不是一只虎，就是一条龙，龙是会飞起来的。

1990年3月31日写就于京西寓中

（原载《十月》1990年4期）

241

飘飞的思羽（代跋）

回忆往事，总觉得比展望未来更加美丽。往日里的情怀，像一片片随风飘飞的白色羽毛，面对它，每每被撩拨得心动，引发起遐思……

1965年的岁末，我应征入伍，乘着闷罐车来到素有"上海北大荒"之称的五角场。新兵集训一月有余，又到了古城南京，正式当上了一名身穿国防绿的空军战士。在机场，看到一架架战鹰昂首云天，我心有天高，也想开飞机，翱翔蓝天，一定神气十足。可分到连队才知道，是给飞机站岗放哨。

站岗就站岗，放哨就放哨，反正都是革命工作的需要。在那红旗飘歌声飞处处都是"红海洋"的年代里，想问题就这么简单，不讲任何条件，更不会闹什么情绪。革命战士嘛，只有把"一颗红心献给党"才是。

同时，我自豪而又感激我的淳朴、善良的母亲——共和国黎明的前夕，是她给了我小草般的生命，把我引到了这个世界上。那是皖东一片贫瘠的土地，并且至今也不见有多么丰饶。但那毕竟是一片孕育了无数生命的土地，至今仍在孕育着无数的生命。

　　我不记得我是从几岁开始记事的，我只记得记事以后有一件事一直不能从记忆中磨灭：1951年夏，一个多雾的早晨，爸爸挑着箩筐前边走，妈妈怀抱着我在后边跟，一家三口向王家圩走去，在那里我们分得了地主家的三间茅屋。茅屋的原主人靠在门旁迎接了我们。那穿着黑裤子蓝灰色上衣的模样俊俏的女主人面无表情，直直地盯着我们看，就这么直直地看，像是痛苦的，也许是痛恨的。我不相信如此冷酷的目光会发自如此俊美的女人的双眼。那一刻，我真希望她变成一个丑陋的女人，如此，我会好奇、漠视、同情。而此时我害怕，直往妈妈的怀里藏。妈妈轻拍着我的屁股，哄劝："乖孩子，别怕，妈妈在。"于是，那女主人的目光便深深地刻进我的脑海里，总也不能忘却。

　　在我六岁那年，见邻家的孩子换上一身新衣服去报名上学，我也闹着要念书。爸爸不让，说我上了学，弟弟谁来带，家让谁来看。我不干，哭，爸爸不动心；我脑袋撞墙，爸爸心还不动。我索性坐在地上，两只脚丫来回搓动，躺在地上像驴打滚，不一会儿鲜血顺着脚跟流出，一滴一滴，一片一片。妈妈站在一旁，先是笑，后来却哭了，赶紧抱起我，心疼得跟爸爸吵了一架，我终于上学了。

　　女人的心肠好，做了母亲的女人心肠会更好。嗷嗷待哺，吸吮母亲的乳汁，我接受了母亲博大的爱；这次为求学，我小小年纪又一次感受了母亲精深的爱。在我高小即将毕业的时候，全区十几所学校的学生集中到一起会考，那阵势，整个儿感觉是"兵临城下"。值得庆幸的是，我的语文成绩考了第一名，一时被同学们称作"状元"。我清楚，语文拿高分的正是即兴写的一篇作文，题目是《我的母亲》，这篇作文出自我的肺腑，所以写得情真意切，那是我平生第一次把对母亲的爱凝于笔端。

学到一点文化，也懂得了一些事理。越是懂事，我越是不想上学了：天灾人祸，生活困难，我想退学回家，用我还没有成熟的肩膀，为父母分担一些忧愁。

爸爸摇头。

妈妈反对。

他们都说我是一个读书的好苗子，不能半途而废。

1960 年，安徽大饥荒。人们吞糠咽菜，甚至拿牛骨头烧成灰冲水喝。我家也不例外。这一年中，我的奶奶、爸爸和三个弟妹都被饥饿夺走了生命。至今还记得大弟和小妹在咽气前断断续续地轻声喊着："妈，饿，我饿，给我点饭吃……"

这对我的打击极大，我的心仿佛在滴血，但没有流一滴泪。我再也无心读书了。妈妈抚摸着我浮肿的脸，叹了口气："难关会过去的，你莫忘了小时候是怎样闹着才上的学。去吧，要是能活下来，多识点字，日后会有用的。"

我又多明白了一个道理：一个农家子弟学文化，多么不易，我要加倍珍惜它。

以后的日子里，多亏了母亲用糠菜团，用盐开水，用任何能够填肚子充饥的东西，保住了我一条性命。

十六岁，我以小充大参了军。离家了，妈妈沿着村后的小路送了一程又一程，临别时又向我叮嘱："天涯海角，无论走到哪儿，都要做个本分人，老老实实做事情，要听话！"我点着头"嗯嗯"地应承，眼泪也止不住流了下来。寒风中，妈妈没有流泪，我只看到她随风飘动的衣襟和凌乱的头发，还有那双充满期盼的深情的目光。

分兵时，我总想起母亲的叮嘱和她那双深情的眼睛。

下连没几天，在一个月色朦胧的夜晚，连长把我们这一批新兵带到营区外的荒坡林地，练习"捉舌头"。我们这批新兵多数来自农村，没见过世面，胆小。晚上站岗不敢走夜路，怕"鬼"。这次夜练拉到野外，就是连长的主意，让我们提前进入情况，练胆量，要不单独站岗老怕"鬼"哪成。当时虽觉得有趣，但也十分紧张。演习归来，我周身伤痕累累。连长当众表扬我勇敢顽强，不愿当"舌头"，敢于展开肉搏战，但也批评我粗心大意，哨位选择不当，不利于隐蔽自己。连长姓吴，是个大胡子，为了不影响军容，他平日总是把脸刮得铁青，很威严。他的话使我懂得：真正的军人，机智和勇敢，二者缺一不可。吴连长后来转业了，可一想起他，我就觉得他是我心目中的巴顿。

一年之后，我被从警卫连选调到基地电影组当放映员。这也得感激我的母亲，不是她逼着我学点文化知识，哪会有今天进入这"文化圈"的事呢！

这时候，我对文艺创作发生了兴趣。由放电影，跃跃欲试想到了写电影。"要是悄悄地坐在观众中间，一起欣赏自己写的电影，那心里会是一种什么滋味啊！"除了天真，才疏学浅，最初的创作动机也不能说没有问题。节假日、星期天，除了制作像章（至今还保留着五枚）表达对领袖的忠诚外，剩余时间我总是把自己关在工作房里奋笔疾书。那是提倡革命造反的年代，不是提倡文艺创作的年代，即便有少数作品问世，署名也多为"三结合写作组""工农兵群众""革命造反派"等等，绝对批判成名成家的资产阶级思想。为了不让别人发现，我就在桌子的一边摆着一本红宝书，一有"情况"，马上就把稿子塞进抽屉，正襟危坐学习毛主席著作。

像做特工似的写出了第一部电影文学剧本，根据同名小说改编的《欧阳海之歌》。收获不算小，它成了我大会小会"斗私批修"的一份绝好的材料。"年轻轻的，不安心本职工作，想当作家，不是资产阶级名利思想作祟吗！"剧本当然不会投入拍摄，只够付之一炬的水平，结果惨败。

人的可贵大概就在于失败之后不甘心失败。我又换了一套打法，写小说。电影组隶属文化科，文化科负责全师的图书阅览室，图书室里革命文艺书籍真不少，近水楼台，借阅方便，从那开始知道了曹雪芹，知道了施耐庵，知道了鲁迅，也知道了其他一些作家的作品。

被当作"封资修"清理的书籍就送到造纸厂化纸浆，我曾横卧在拉书的卡车上翻出《林海雪原》《野火春风斗古城》《青春之歌》披进军装里，回来偷偷阅读。冯德英的《苦菜花》几乎被我读烂。"他能写，我为什么就不能写？！"那时还真不懂得什么叫年轻气盛、想入非非。于是，模仿着写，彻底地撕，再写，再撕。失败是成功的妈妈，我安慰着自己。

"干吗不拣你熟悉的事情写？"一位好朋友提醒我。

短篇小说《领航主任》写成了，这是反映我所在的轰炸机航空兵部队飞行员的生活。斗胆送到了《安徽文艺》编辑部，一位老编辑接待了我，他拽过一条凳子，让我坐在身边，亲手握笔，从头至尾，逐字逐句地修改，然后嘱我回部队誊抄清楚，送有关部门审查，没问题尽快寄回。我一一照办。小说很快在刊物上发表，配了题图、插图，位置还挺惹眼的，头题。当我接到编辑部寄来的样刊，激动得差点晕倒，确乎"得意忘形"。一天中午在灶上就餐，排队买菜时，站我身后的一位老科长拍拍我的肩头，笑眯眯地说："小说诌得不错，蛮像咱部队生活。"我直摇头，嘴上说"闹着玩、闹着玩"，可心里甭提有多高兴，那一刻，真的把自己当成了羊群中的骆驼。

至今我仍不知道那位老编辑的名字，只记得当时听大家都尊称他"余老"，战争年代负过伤，一条腿走路时一跛一跛的，印象中是个精瘦、慈祥、热情、爽快的老人。《领航主任》问世了，余老就是我走上文学之路的第一个领路人。

从此，我做起了文学家的梦。

有心栽花花不成，无意插柳柳成荫。我本想成为文学家，却意外地被调到空军报社当了一名编辑。那是1974年年初的一天，我在师部营门口总值班室里值班。营门外驶来一辆人力三轮车，从车上跳下两位军人，向我打听去师宣传科的路。我说："巧了，我就是宣传科的。"来人自报家门，原来是《空军报》的两位编辑，一位是张炳根，一位叫刘永祥。他们说此行是到部队搞调查研究，为《空军报》复刊做准备。他们每天都开座谈会，我负责召集人。三天后他们返京。后来有一天，接到刘编辑的来信，其中有段话问我在南京找对象没有，如未找，暂时别着急，"年轻人，只要好好干革命，到哪儿不能找对象"。我既好笑又纳闷：这位编辑真热心，怎么关心我有没有"编队"的事哩？不久，师政治部主任突然找我谈话，大意是《空军报》要调你去，命令已到，一星期内报到。3月10日，我便带着全部家当——一只炸弹箱拆做的木箱和一个军用背包，乘14次特别快车离开南京，到北京走马上任。一下车，我就被北京城的漫天黄沙所裹挟，天地间一片混沌，我心里也是一片茫然。瞬间，我仿佛置身异域，猛地又想起了我所钟情的南京——钟山脚下，玄武湖畔，雨花台前，燕子矶头，鸡鸣寺内，秦淮河上……那里留下了我无限的思念！我真不知道能不能适应北方的气候，不知道能不能适应编辑的工作。

好在我的适应能力极强。生活中，喝玉米面糊糊，气候干燥流鼻血，风沙刮得窗户响，这些对一个长期生长在南方的我来说算是一道难题，但难过一阵子便统统不在话下。我最关心的是，怎样才能尽快地当一名称职的编辑？来报社之前，我也曾在驻地报纸上弄出过几篇"豆腐块""火柴盒"似的小文章，但自己当编辑办报纸却是一个门外汉。从门外到门里只需一步，而这一步是要付出许多心血和汗水的。

不懂就学，一切从零开始。我暗下决心。

当时正值"批林批孔"之际，办公楼内的"大字报"

铺天盖地，从七楼垂挂、张贴到一楼，琳琅满目。楼上楼下，领导让我看，掌握斗争新动向，但从没写，我不知道要写什么，又没学会指桑骂槐、含沙射影、无中生有。我觉得当务之急是熟悉办报的业务，否则就无法当个好编辑。因而，我系统翻看了《空军报》多年的合订本，向老编辑学习编稿、校对业务，到印刷厂熟悉排字、出版程序。

这种心情，一时没能被理解。一位领导批评我："不关心政治，路线斗争觉悟低。"可也是这位领导表扬我："从编发的第一个版的稿件看，你掌握编辑业务快，思想活跃，很适合办报纸，好好干吧。"

我窃喜，毕竟领导爱才，这是可以聊以自慰的；大凡有才华的领导定然爱才，而不爱才的领导通常就是些庸才。

编辑应当是一个杂家。我既不杂，也不专，深感知识的贫乏。欣慰的是，1981年报社领导向有关部门推荐，让我到中国作家协会文学讲习所（现鲁迅文学院）学习。这期间，我听了数十位专家、教授、作家讲课，系统地读了两千多万字的文学理论和中外名著。那时，我和好友、著名军旅诗人李松涛一同借住于灯市口的一间地下室，在气味刺鼻、令人窒息的环境里谈文学，谈人生，谈友谊，谈古今中外海阔天空，谈历史现实芸芸众生，谈这谈那，无所不谈。从相识到相知，文学使我们结缘，十几年来情同手足，成为至交，关里关外，常常聚首，从鸭绿江畔到渤海之滨，从长城脚下到祁连山脉，都曾留下过我们结伴而行的身影，度过许多难忘的时光。就在那求学的一年间，我虽未脱胎换骨，倒也受益匪浅，感悟最深的是：文学是个美丽的梦，寻觅它却又非常痛苦，而我情愿在痛苦中寻觅。

一张报纸，新闻品种多，编辑不能单打一，应该成为多面手，今天干这个，明天可能又要你干那个，无论干什么，都应该拿得起、放得下。刚到报社，我分管"新生事物"的宣传，所谓新生事物，真叫五花八门：学习无产阶级专政理论、干部下放劳动、支持开门办学、落实"五七"指示、走赤脚医生道路……总之，应有尽有。有人开玩笑叫我"不管编辑"，意思是别人不管的栏目，我都管。当然我也很乐意，因为能到报社当编辑足让我深感荣耀了，哪还有挑三拣四之理。

不久，又要我负责战备、安全、军事训练、后勤工作、军民关系的报道。

直至1978年10月，为适应新时期总任务的需要，领导把创办"学知识"版的任务交给了我，它的宗旨即是向基层干部战士普及科学文化知识。我在这个版上，系统而有侧重地介绍了与空军建设密切相关的知识，如航空、机务、气象、雷达、导弹、高炮、卫生等。很快，"学知识"在空军部队有口皆碑，成为《空军报》上最受欢迎的版面之一。

大概因为干什么都能干得像模像样，两年后，社领导又交给我一项任务，创办《文化园》。再一年，我又负责编辑《长空》文艺副刊。常言道：人要脸，树要皮。干一行，我就爱一行，钻一行。副刊虽小，五脏俱全，小说、散文、诗歌、报告文学、评论、曲艺，各样文学体裁都有。在大

250

报属于一个文艺部的工作，在小报却由一个编辑承担。我尽己所能，精心编辑，有时还敢说点冒泡儿的话：我是小报大办，《长空》副刊拿出去，敢和什么什么报纸的什么什么副刊一比高低。

这话细想有点放肆，权当冒泡儿，但也不难看出我的追求和志向，干什么工作的标准线瞄得都不低。尤其是我组织的"我爱人民空军"征文活动，在空军部队引起强烈反响。征文历时十个月，收到应征稿件四千余件，光读来稿也够忙活的。我从中精编发表七十余篇，有近十篇被省级以上报刊转载。作品展示了广大官兵热爱空军、建设空军、保卫祖国的高尚情怀和战斗风貌。其中七篇获征文奖，它比我自己的作品获奖更让我高兴。作为一名编辑，当自己编发的文章被读者认可和好评，内心的那种喜悦是无法言及的。有人把编辑喻为裁缝，总是在为他人做嫁衣。我认为，这就是编辑的乐趣！

记得从文讲所学习归来，仍回到报社当编辑，有一次参加空军创作会议时，我和当时的报社领导、作家金为华同志同住一室。有天晚上，我们聊至深夜，其中一个话题即是我提出的想调离报社，到文化部文艺创作室搞搞专业创作。老领导被我说服，表示同意。不料，翌日清晨起床后，他一边整理卧具一边对我说："你的要求，不能答应，因为报社不能少了骨干。"我无奈地叹气：真是夜长梦多啊！回头来看，那时若真的让我去搞专业创作，文坛上也就多了一个充数的作家，但报刊界绝对少了一个不错的编辑。

一个好编辑，也应该是一个好作家，在编出好稿件的同时也能写出好文章。这与开阔思路，提高认识能力，磨炼文字功夫，体会作者情感，促进编辑水平提高，都有着十分密切的关系。

我是这样想，也在尝试着做。

根据一位老红军讲的故事，我写了中篇小说《无字的墓碑》，获《小说林》1985 年优秀作品奖。《工人日报》《博览群书》和《小说林》均有评论，认为"有新意，很深刻""在表现革命军队英雄形象上，作品有创新，跃入了一个更为深刻的塑造英雄形象的艺术境地"。

《天有一双手》在《青春》上发表后，引起的反响是我在写作时完全没有料及的。编辑部和我收到了甘肃、宁夏、内蒙古、黑龙江、吉林、河北、四川、安徽、江苏、陕西、浙江、山东、上海等二十多个省、市的数百封读者来信，有青年向我求教，有患者向我求医。温州市体委一位工作人员因颈椎致伤半瘫，一度轻生，她在上海医院的病床上读了《天有一双手》后给我写信求医，我及时回复。经骨科专家冯天有治疗病愈，她获得了对生活的新的希望，离京前特地登门向我道谢。因之，我更加坚信：文学不但可以兴邦，同样也可以救人。

反映新中国五代女飞行员群像的《这是一条女人的星系》，及时配合了女飞行员起飞典礼三十五周年纪念和"三八"妇女节的宣传。云南边境驻军一位读者朋友来信说"是迄今报道女飞行员生活最有特色的一篇文章""感情深挚，文笔流畅，结构巧妙"。被解放军文艺出版社"当代军

252

人风貌"文学丛书空军卷《蓝天大写意》选入，另有十余家报刊转载。获《中国妇女报》《萌芽》和首都女新闻工作者协会 1988 年联合举办的"女性与社会"征文优秀作品奖。同年，又一篇报告文学《爱神在忧思》获首届"中国潮"征文二等奖。为此，组织上给我记了三等功。这是奖掖，更是鞭策。纯因写文章立功，这在我所供职的单位里，也算是凤毛麟角。

说起来，承蒙解放军文艺出版社、中国社会出版社、中国文联出版公司、蓝天出版社等各家领导和朋友们的错爱，已先后为我出版了小说、报告文学集六部。在这些书中，既有我童年生活的缩影，又有我从战士到编辑生涯的写照；既有许多值得我怀忆的人和事，又有许多值得我怀忆的情和思。只是，面对几本小书常常汗颜，扪心自问：仅凭这几本浅薄之作，你就敢承认是作家？好大的胆子！

当然，若问我做编辑和当作家到底喜欢哪一行，我会不假思索地回答：做编辑！眼下，我就在主编着一本杂志，叫《中国空军》，是邓小平同志亲笔题写的刊名。许多读者喜爱它，发行量从 1996 年起不断上升，目前仍然被看好。为了不辜负广大读者的厚望，我和我的同事们不敢有丝毫的懈怠，将竭尽全力，精心编辑。我们不敢奢望期期是精品，篇篇是佳文，但做到不断以新貌问世，总还是有望的。

（原载《解放军文艺》1997 年 7 期）